GL'ISTRICI

I libri che pungono la fantasia

226

Roald Dahl era altissimo, quasi un gigante: i suoi genitori infatti venivano dalla Norvegia, la patria dei giganti e degli gnomi. Nato nel Galles, passò infanzia e giovinezza in un college inglese, come ci ha raccontato nell'autobiografia *Boy*, e a diciotto anni andò in Africa a lavorare per una compagnia petrolifera. Durante la seconda guerra mondiale fu pilota della RAF. Ai suoi quattro figli ha raccontato le storie che poi ha scritto. Il suo primo libro parlava dell'incontro con i Gremlins, folletti dispettosi. Naturalmente ha poi conosciuto anche molti giganti, tra i quali preferiva il Grande Gigante Gentile, di cui racconta la storia nel *GGG*. Che avesse una profonda conoscenza delle streghe lo si capisce leggendo questo libro; mentre un tipo particolare di strega crudele è, in *Matilde*, la direttrice dell'Istituto «Aiuto!», la signorina Spezzindue. E anche gli Sporcelli non dovevano essergli ignoti... Che dire poi dei bambini ghiotti, viziati e teledipendenti che si smarriscono nella *Fabbrica di cioccolato*, il cui seguito, *Il grande ascensore di cristallo*, ci fa conoscere i temibili Cnidi Vermicolosi, che popolano lo spazio, e uomini politici ancor più temibili. Questo è il suo primo libro per bambini.

Collana fondata da Donatella Ziliotto

Titolo dell'originale inglese
JAMES AND THE GIANT PEACH
Traduzione di Mariarosa Zannini
Le poesie alle pagine 13, 14, 78, 79, 80, 113, 114, 115, 142, 143, 161, 162, 163, 164, 165, 166 sono state tradotte da Laura Draghi

ISBN 978-88-6256-005-4

Coordinamento grafico
di Andrea Balconi

Per essere informato sulle novità
del Gruppo editoriale Mauri Spagnol visita:
www.illibraio.it
www.infinitestorie.it

Prima edizione nei Criceti: marzo 1993
Prima edizone fuori collana: gennaio 1997
Nuova edizione: maggio 2003
Prima edizione negl'Istrici: gennaio 2007
Nuova edizione: luglio 2008
Terza ristampa: maggio 2011
Quarta ristampa: marzo 2012

dal 1862
Gruppo editoriale Mauri Spagnol
Milano

www.salani.it

SALANI GL'ISTRICI

Roald Dahl

JAMES E LA PESCA GIGANTE

Illustrazioni di Quentin Blake

ROALD DAHL'S Marvellous Children's Charity

THE ROALD DAHL MUSEUM AND STORY CENTRE

Roald Dahl non è solo grandi storie...

Roald Dahl's Marvellous Children's Charity

Roald Dahl è famoso per le sue storie e le sue rime, ma pochi sanno che molto spesso si faceva in quattro per aiutare i bambini gravemente ammalati. Oggi la **Roald Dahl's Marvellous Children's Charity** porta avanti questa sua fantastica attività assistendo migliaia di bambini affetti da patologie neurologiche ed ematiche, problemi molto sentiti da Roald Dahl. L'associazione fornisce strumenti indispensabili, come il personale infermieristico, le attrezzature mediche e l'indispensabile divertimento per i bambini ammalati nel Regno Unito, e aiuta i bambini di tutto il mondo aprendo la strada alla ricerca.

Puoi fare qualcosa di meraviglioso per aiutare gli altri?
Scopri come visitando il sito
www.roalddahlcharity.org

Il Roald Dahl Museum and Story Centre ha sede a Great Missenden, appena fuori Londra, nel paese dove Roald Dahl è vissuto e ha scritto i suoi libri. Nel cuore del Museo, pensato per suscitare l'amore per la lettura e le scrittura, si trova il prezioso archivio di lettere e manoscritti dell'autore. Il Museo può vantare due mostre biografiche ricche di divertimenti e uno Story Centre (centro della storia) interattivo. È un luogo adatto alle famiglie e alle comitive scolastiche, che permette di esplorare il mondo affascinante della creatività e delle parole.

www.roalddahlmuseum.org

Il Roald Dahl's Marvellous Children's Charity
è un ente benefico registrato n. 1137409.
Il Roald Dahl Museum and Story Centre (RDMSC)
è un ente benefico registrato n. 1085853.

Questo libro
è per Olivia e Tessa

1

Fino all'età di quattro anni, James Henry Trotter ebbe una vita felice. Viveva tranquillo con sua madre e suo padre in una bella casa sul mare. C'erano sempre molti bambini con cui giocare e c'era la spiaggia di sabbia dove scorrazzare e l'oceano per andarci in canotto. La vita ideale, per un bambino.

Poi, un giorno, il padre e la madre di James andarono a Londra a far spese e lì accadde una cosa terribile. Tutt'e due furono improvvisamente divorati (in pieno giorno, badate, e in una strada affollata) da un enorme rinoceronte rabbioso che era fuggito dallo zoo di Londra.

Ora, come potete ben immaginare, questa fu un'esperienza piuttosto antipatica per due genitori tanto per bene. Ma, alla lunga, si dimostrò ancora più brutta per James che per loro. I *loro* guai finirono in quattro e quattr'otto. In 35 secondi esatti erano già scomparsi dalla faccia della Terra. Il povero James, invece, era ancora molto vivo, e da un momento all'altro si trovò solo e spaurito in un vasto mondo ostile. La bella casa sul mare dovette essere immediatamente venduta e il bambino, portando con sé null'altro che una valigetta contenente un pigiama e uno spazzolino da denti, fu mandato a vivere con le sue due zie.

Si chiamavano zia Spugna e zia Stecco e, mi dispiace doverlo dire, erano due creature orrende. Erano egoiste, pigre e crudeli, e da subito incominciarono a picchiare il povero James quasi senza motivo. Non lo chiamavano mai col suo vero nome, ma con appellativi del tipo « tu insettaccio disgustoso » o « tu vomitevole impiastro » o « tu essere abominevole » e potete star certi che non gli diedero mai un giocattolo per divertirsi o un libro di figure da guardare. La sua stanza era spoglia come la cella di una prigione.

Vivevano – zia Spugna, zia Stecco e ora anche James – in una cupa casa decrepita in cima a

un'alta collina nel Sud dell'Inghilterra. La collina era così alta che da ogni punto del giardino James poteva guardare giù e vedere per miglia e miglia un meraviglioso paesaggio di campi e di boschi; e nelle giornate più limpide, se guardava nella direzione giusta, riusciva a vedere una minuscola macchiolina grigia all'orizzonte, che era la casa in cui era vissuto con la sua amata mamma e il suo amato papà. E, subito oltre, vedeva anche l'oceano, una lunga striscia sottile di un blu nerastro, come una riga d'inchiostro sotto il bordo del cielo.

James non aveva mai il permesso di allontanarsi dalla collina. Né zia Spugna né zia Stecco voleva-

no prendersi il fastidio di portarlo fuori, nemmeno per una passeggiatina o un picnic, e uscire da solo gli era ovviamente vietato. « L'orrendo sgorbio non combinerà che guai se uscirà dal giardino» aveva sentenziato zia Stecco. E gli furono minacciate punizioni terribili – chiuderlo in cantina coi ratti per una settimana, tanto per dire – se avesse mai osato scavalcare la staccionata.

Il giardino, che occupava tutta la sommità del colle, era grande e desolato, e l'unico albero esistente (a parte una macchia di vecchi e polverosi arbusti d'alloro nell'angolo più lontano) era un annoso pesco che non faceva mai una pesca. Non c'era un'altalena, né un cassone con la sabbia, né qualcosa dove arrampicarsi, e mai nessun altro bambino veniva invitato sulla collina a gio-

care col povero James. Non c'era in giro nemmeno un cane o un gatto per tenergli compagnia. E col passare del tempo lui si sentiva sempre più triste e sempre più solo e passava ore e ore nella parte bassa del giardino, fissando con ardente nostalgia il mondo stupendo ma proibito di boschi, di campi e di mare che gli si stendeva davanti come un tappeto magico.

2

Dopo tre anni interi che James Henry Trotter viveva con le zie, ci fu una mattina in cui gli accadde una cosa abbastanza strana. E questa cosa che, come dicevo, era solo *abbastanza* strana, diede origine a una seconda cosa molto strana. E poi la cosa *molto* strana diede a sua volta origine a una cosa davvero *incredibilmente* strana.

Tutto cominciò un giorno torrido nel pieno dell'estate. Zia Spugna, zia Stecco e James erano fuori in giardino. James sfacchinava, come al solito. Questa volta stava spaccando la legna per la cucina. Zia Spugna e zia Stecco erano comodamente distese sulle loro sedie a sdraio, sorseggiando da alti bicchieri limonata frizzante, e lo sorvegliavano perché non smettesse di lavorare nemmeno per un attimo.

Zia Spugna era enormemente grassa e bassa. Aveva occhietti porcini, la bocca cascante e una faccia bianchiccia che pareva bollita. Sembrava un grosso cavolo stracotto e gonfio d'acqua. Zia Stecco, invece, era alta, magra e ossuta e portava occhiali cerchiati d'acciaio in bilico sulla punta del naso. Aveva la voce gracchiante e labbra lunghe e sottili sempre umide, e quando era arrabbiata o agitata, bollicine di saliva le sprizzavano dalla

bocca mentre parlava. E stavano lì sedute, queste due orribili streghe, sorseggiando le loro bibite e ogni tanto strillando a James di sbrigarsi a tagliar più veloce la legna. Parlavano anche di sé, e ognuna si vantava di com'era bella. Zia Spugna aveva in grembo uno specchio dal lungo manico e lo sollevava di continuo per rimirare la propria faccia ripugnante. E declamava:

« D'una rosa di maggio ho il profumo e l'aspetto:
beatevi alla vista di questo bel nasetto,

di questi ricciolini (non sembro un angioletto?).
Se mi tolgo i calzini,
guardate che ditini!»
«Sì, però te lo grida anche la tua bilancia»
disse acida Zia Stecco, «che il resto è tutto pancia».

Zia Stecco proseguì: «Mia cara, non hai stile;
guarda i miei denti candidi,
la mia linea sottile, la pelle giovanile
e il sorriso radioso
sul mio bel neo peloso».
«Va' a raccontarlo agli orbi!» zia Spugna, tutta rossa,
gridò fuori di sé. «Sei tutta pelle e ossa!

Io sì che son formosa e sexy al punto che
i registi di Hollywood voglion soltanto me,
(pagandomi per tre).
Le dive più ammirate
si sono licenziate.
Posso avere ai miei piedi qualsiasi produttore».
«Sicuro!» fa Zia Stecco. «Per i film dell'orrore!»

Il povero James sgobbava ancora a spaccar legna con l'accetta. Si scoppiava di caldo. James grondava di sudore. Il braccio gli doleva. L'accetta era un grosso arnese spuntato, troppo pesante per un bambino. E, mentre lavorava, a James venne da pensare a tutti gli altri bambini del mondo e a cosa facevano in quel momento. Alcuni stavano forse pedalando in triciclo in giardino. Altri camminavano nella frescura dei boschi raccogliendo mazzi di fiori selvatici. E tutti i suoi amici di un tempo erano di sicuro al mare, a giocare con la sabbia umida e a sguazzare nell'acqua...

Grosse lacrime gli spuntarono negli occhi e cominciarono a rotolargli giù per le guance. Smise di lavorare e si appoggiò al ceppo, oppresso dalla propria infelicità.

« Che ti succede? » chiese zia Stecco con voce stridula, fulminandolo con lo sguardo da sopra i suoi occhialini d'acciaio.

James si mise a singhiozzare.

« Smettila subito e sbrigati col tuo lavoro, sgorbio odioso! » ordinò zia Spugna.

« Oh, zietta Spugna! » gridò James. « E zietta Stecco! Non potremmo, *per piacere*, solo una volta, andare tutti al mare con l'autobus? Non è molto lontano... e io ho tanto caldo e mi sento malissimo e sono così solo... »

« Cosa dici, teppistello sfaticato che non sei altro! » gridò zia Stecco.

« Picchialo! » gridò zia Spugna.

« Sicuro! » sbraitò zia Stecco. Fissò James con odio e James la guardò con grandi occhi spaventati. « Ti picchierò più tardi, verso sera, quando farà meno caldo » gli disse. « Intanto levati dalla mia vista, disgustoso vermiciattolo, e dammi pace! »

James si voltò e corse via. Corse più veloce che poté fino al punto più lontano del giardino e si nascose in quella macchia di vecchi, polverosi arbusti d'alloro che abbiamo nominato prima. Poi si coprì la faccia con le mani e si mise a piangere, a piangere, a piangere.

3

Fu a questo punto che la primissima cosa, quella cosa *piuttosto* strana che diede origine a tante cose *molto più* strane, gli accadde.

Poiché all'improvviso, subito dietro a lui, James sentì un fruscio di foglie; si voltò e vide emergere dai cespugli un vecchio con un buffo vestito verde scuro. Era piccolissimo, con un gran testone pelato e la faccia coperta di ispidi peli neri. Si fermò a circa tre metri di distanza e rimase lì appoggiato al suo bastone guardando fisso James.

Quando parlò, fu con una voce molto lenta e cigolante. « Avvicinati, bambino » disse, facendo cenno a James con un dito. «Vieni qui vicinissimo a me e io ti mostrerò una cosa *meravigliosa* ».

James era troppo impaurito per muoversi.

Il vecchio si avvicinò zoppicando di uno o due passetti, poi mise una mano in una tasca della giacca e tirò fuori un sacchetto di carta bianca.

« Vedi questo? » bisbigliò facendo oscillare delicatamente il sacchetto davanti alla faccia di James. « Tu sai cos'è, mio caro? Tu lo sai cosa c'è dentro questo sacchetto? »

Poi si avvicinò ancora di più, chinandosi in avanti e sporgendo la testa finché James sentì il suo fiato sulle guance. Il fiato sapeva di stantìo, di

chiuso e di lievemente ammuffito, come l'aria in una vecchia cantina.

« Dai un'occhiata, mio caro » disse il vecchio aprendo il sacchetto e porgendolo a James. Dentro, James vide una massa di granellini verdi che parevano sassolini o cristalli, ciascuno grande pressappoco quanto un chicco di riso. Erano straordinariamente belli e avevano un curioso splendore, una sorta di qualità luminosa che li faceva luccicare e brillare in maniera stupenda.

« Ascolta! » bisbigliò il vecchio. « Senti come si muovono! »

James scrutò nel sacchetto e davvero c'era un debole fruscio che proveniva da lì, e poi lui si accorse che tutte le migliaia di cosini verdi si muovevano lentamente, molto ma molto lentamente, scorrendo l'uno sull'altro come se fossero vivi.

« C'è più potenza e magia in questi cosini qui che in tutto il resto del mondo messo insieme » disse sommessamente il vecchio.

« Ma... ma... che cosa sono? » bisbigliò James ritrovando finalmente la voce. « Da dove vengono? »

« Ah ah » sussurrò il vecchio. « Non lo indovineresti mai! » S'ingobbì un poco e spinse la faccia ancora più vicina a quella di James finché la punta del suo lungo naso toccò la fronte del bambino. Poi di colpo fece un salto indietro e si mise ad agitare freneticamente in aria il suo bastone. « Lingue di coccodrillo! » gridò. « Mille lunghe, viscide lingue di coccodrillo bollite per venti giorni e venti notti insieme agli occhi di una lucertola nel teschio di una strega morta! Ci aggiungi le dita di una scimmia giovane, il ventriglio d'un maiale, il becco d'un pappagallo verde, il succo d'un porcospino e tre cucchiaiate di zucchero. Fai cuocere piano per un'altra settimana e poi lasci che la luna faccia il resto! »

Di colpo ficcò il sacchetto di carta bianca in mano a James e disse: « Ecco! Prendilo! È tuo! »

4

James Henry Trotter rimase lì col sacchetto stretto in mano, fissando il vecchio.

« E ora » disse il vecchio, « non hai da fare altro che questo. Prendi una caraffa d'acqua e ci versi dentro tutti i cosini verdi. Poi, piano piano, uno a uno, ci aggiungi dieci dei tuoi capelli. Questo li mette in moto! Li fa andare! Dopo qualche minuto l'acqua comincerà a schiumare e a bollire furiosamente e, appena questo succede, devi bertela tutta d'un fiato... l'intera caraffa. E poi, mio caro, sentirai l'acqua gorgogliare e ribollire nel tuo stomaco e ti uscirà vapore dalla bocca e subito dopo cominceranno a capitarti cose *meravigliose*, *favolose*, *incredibili*... e tu non sarai mai più disperato in vita tua. Perché tu sei disperato, vero? Non c'è bisogno che tu me lo dica! Conosco bene la storia! E adesso, scappa via e fa' esattamente come ti ho detto. E non una parola a quelle tue orribili zie! Nemmeno una parola! E stai attento che quei cosini verdi là dentro non ti scappino via! Perché, se ti scapperanno, eserciteranno la loro magia su qualcun altro invece che su di te! E tu questo non lo vuoi assolutamente, vero, mio caro? *Chiunque incontreranno per primo, sia verme, insetto, animale o albero, sarà lui a ricevere il pieno potere della loro magia!* Quindi tieni stretto il sacchetto! Non strappare la carta! Scappa! Sbrigati! Non aspettare! È l'ora! Va'! »

Detto questo, il vecchio si voltò e scomparve tra i cespugli.

5

Un istante dopo, James correva verso casa a perdifiato. Avrebbe fatto tutto in cucina, si disse, se solo fosse riuscito a entrarci senza che zia Spugna e zia Stecco lo vedessero. Era terribilmente eccitato. Volava in mezzo all'erba alta e alle ortiche, senza curarsi se si pungeva le ginocchia nude o no, e senza perdere d'occhio zia Spugna e zia Stecco che se ne stavano sulle loro sedie voltandogli le spalle. Deviò per allontanarsi da loro e girare intorno alla casa dall'altro lato, ma a un tratto, proprio mentre passava sotto il vecchio pesco in mezzo al giardino, inciampò e cadde lungo disteso con la faccia nell'erba. Il sacchetto di carta si stracciò e le migliaia di granellini verdi si sparpagliarono in tutte le direzioni.

James si tirò su di scatto a quattro zampe e si mise a rincorrere qua e là i suoi preziosi tesori. *Orrore!* Stavano affondando tutti nel terreno! Li vide benissimo contorcersi e dimenarsi scavandosi la strada nella terra e allungò svelto una mano per raccoglierne qualcuno prima che fosse troppo tardi, ma gli scivolarono tra le dita. Tentò di prenderne degli altri, ma si ripeté la stessa cosa! Si mise a raspare freneticamente in giro nel tentativo di recuperare quelli rimasti, ma erano troppo svelti per lui. Ogni volta che stava per sfiorarli, svanivano sotto terra. Nello spazio di pochi secondi, si erano dileguati tutti, fino all'ultimo.

A James venne da piangere. Non li avrebbe riavuti mai più... li aveva perduti, perduti, perduti per sempre.

Ma dov'erano andati? E perché erano stati così smaniosi di ficcarsi sotto terra in quel modo? Che intenzioni avevano? Non c'era niente *là sotto*. Niente, tranne le radici del vecchio pesco e tanti e poi tanti lombrichi e millepiedi e insetti...

Ma come aveva detto il vecchio?

Chiunque incontreranno per primo, sia verme, insetto, animale o albero, sarà lui a ricevere il pieno potere della loro magia.

Santo cielo, pensò James. Cosa succederà se incontrano un lombrico? O un millepiedi? O un ragno? E se entrano nelle radici del pesco?

« Alzati subito, infame pigrone! » gli strillò improvvisamente una voce nell'orecchio. James guardò in su e vide zia Stecco, torva, lunga e ossuta, che lo fissava malevola attraverso gli occhiali cerchiati d'acciaio. « Torna laggiù all'istante e finisci di spaccare quei tronchi! » gli ordinò.

Zia Spugna, grassa e flaccida come una medusa, arrivò dondolando dietro la sorella per vedere cosa stesse succedendo. « Perché non caliamo il marmocchio nel pozzo dentro un secchio e non lo lasciamo lì per la notte? » suggerì. « Così forse imparerebbe a non oziare tutto il santo giorno ».

« È un'ottima trovata, mia cara Spugna. Ma prima facciamogli finire di spaccare la legna. Scatta su all'istante, monellaccio infame, e lavora! »

Lentamente, tristemente, James si rialzò e tornò alla catasta di legna. Oh, se non fosse scivolato e caduto e non avesse rovesciato il prezioso sacchetto! Ogni speranza di una vita più felice era ormai completamente svanita. Oggi e domani e il giorno dopo e tutti gli altri giorni futuri non avrebbe avuto che castighi e dolore, infelicità e disperazione.

Tirò su l'accetta ed era sul punto di riprendere a spaccare la legna quando udì dietro di sé un grido che lo fece fermare e voltare.

6

« Spugna! Spugna! Vieni subito qui a vedere! »

« Che cosa? »

« Una pesca! »

« Una che? »

« Una pesca! Là in cima in cima, sul ramo più alto! Non la vedi? »

« Penso che tu ti stia sbagliando, mia cara Stecco. Quell'albero miserando non ha mai dato un solo frutto ».

« Ma adesso ne ha uno, Spugna! Guarda! »

« Mi prendi in giro, Stecco. Mi fai venire inutilmente l'acquolina in bocca. Va là, quest'albero non ha mai fatto nemmeno un fiore, figurarsi una pesca. In cima in cima sul ramo più alto, mi dici? Non vedo niente. È da ridere... ah, ah... corpo di un cavolo fritto! Be', che mi venga un colpo! C'è veramente una pesca là in cima! »

« E anche bella grossa! » disse zia Stecco.

« Una meraviglia! » gridò zia Spugna.

A questo punto James depose l'accetta e si voltò a guardare le due donne in piedi sotto il pesco.

Sta per succedere qualcosa, disse tra sé. *Sta per succedere qualcosa di strano da un momento all'altro.* Non aveva la più pallida idea di che cosa potesse trattarsi, ma lo sentiva nelle ossa che presto sareb-

be successo qualcosa. Lo sentiva nell'aria tutt'intorno... nell'improvvisa quiete calata sul giardino...

James si avvicinò all'albero in punta di piedi. Le zie non parlavano più. Stavano immobili, fissando la pesca. Non c'era un suono, nemmeno un alito di vento, e nel cielo azzurro cupo il sole batteva a picco sulle loro teste.

« Mi sembra matura » disse infine zia Stecco.

« Allora perché non la mangiamo? » suggerì zia Spugna, leccandosi le grosse labbra. « Possiamo fare a metà. Ehi, tu! James! Vieni subito qui... »

James arrivò di corsa.

« Voglio che tu vada a spiccare quella pesca là, sul ramo più alto » proseguì zia Spugna. « La vedi? »

« Sì, zietta Spugna, la vedo! »

« E che non ti venga in mente di mangiarne un pezzetto. Zia Stecco e io ce la divideremo tra noi, qui e subito, metà a testa. Muoviti! Monta, su! »

James si avvicinò al tronco.

« Fermo! » disse zia Stecco in fretta. « Aspetta! » Stava scrutando tra i rami a bocca spalancata e con gli occhi che parevano schizzare dalle orbite come se avesse visto un fantasma. « Guarda! » disse. « Guarda, Spugna, guarda! »

« Cosa c'è? » chiese zia Spugna.

« Sta *crescendo*! » gridò zia Stecco. « Diventa sempre più grossa! »

« Che cosa? »

« La pesca, naturalmente! »

« Vuoi scherzare! »

« Be', guarda tu ».

« Ma mia cara Stecco, è assolutamente ridicolo. È impossibile. E... è... è... perbacco, aspetta un minuto... no... no... non può essere... no. Sì... accipicchia...! Sta crescendo davvero! »

« È già quasi grande il doppio! » strillò zia Stecco.

«Non può essere!»
«È vero!»
«È un miracolo!»
«Guardala! Guardala!»
«La sto guardando!»
«Per la barba di mio nonno!» strillò zia Stecco. «Si gonfia e cresce sotto i miei occhi!»

7

Le due donne e il bambino stavano immobili come pietre sull'erba sotto l'albero, fissando quel frutto straordinario. La faccetta di James splendeva per l'eccitazione e i suoi occhi erano grandi e luminosi come stelle. Vedeva chiaramente la pesca ingrossarsi sempre più, come quando si gonfia un palloncino.

Dopo mezzo minuto era grande come un melone!

Dopo un altro mezzo minuto, era di nuovo raddoppiata!

« Ma *guardala* come cresce! » gridò zia Stecco.

« Chissà se si fermerà mai! » strillò zia Spugna, agitando le grosse braccia e mettendosi a ballare in tondo.

Ormai la pesca era così grande che pareva un'enorme zucca color burro penzolante dalla cima dell'albero.

« Allontanati dal tronco, cretinetti! » strillò zia Stecco. « Basta una minima scossa e di sicuro si stacca! Peserà al minimo dieci o quindici chili! »

Il ramo su cui cresceva la pesca si piegava sempre più.

« Sta' indietro! » gridò zia Spugna. « Verrà giù! Il ramo si romperà! »

Ma il ramo non si ruppe. Continuò a curvarsi verso terra man mano che la pesca diventava più pesante.

E cresceva e cresceva.

Dopo un altro minuto, il frutto gigantesco era grande e grosso e rotondo come zia Spugna e, probabilmente, altrettanto pesante.

« Dovrà pure fermarsi! » strillò zia Stecco. « Non può crescere all'infinito! »

Ma non si fermava.

In un attimo fu delle dimensioni di una piccola automobile, e arrivava a metà strada da terra.

Ora le due zie saltellavano torno torno all'albero, battendo le mani e strepitando ogni genere di sciocchezze nella loro esaltazione.

« Alleluja! » gridava zia Stecco. « Che pesca! Che pesca! »

« Magnifica! » strillava zia Spugna. « Terrifica! Splendifica! E che mangiata! »

« Cresce ancora! »

« Lo vedo! Lo vedo! »

In quanto a James, era così affascinato che non poteva far altro che guardare fisso mormorando sommessamente tra sé: « Oh! Com'è bello. Non ho mai visto niente di più bello ».

« Chiudi il becco, mostriciattolo! » lo aggredì zia Stecco, che lo aveva sentito. « Non sono affari tuoi! »

«Proprio così» dichiarò zia Spugna. «Tu non c'entri per niente. Non immischiarti».

«Guarda!» gridò zia Stecco. «Cresce più in fretta che mai! Accelera!»

«La vedo, Stecco! La vedo, la vedo!»

Sempre più grossa diventava la pesca, più grossa e più grossa e più grossa.

Poi, finalmente, quando aveva quasi raggiunto l'altezza dell'albero su cui cresceva – l'altezza e la larghezza, in effetti, di una piccola casa – il fondo della pesca toccò dolcemente il suolo.

«Ora non può più cadere!» gridò zia Spugna.

«Ha smesso di crescere!» gridò zia Stecco.

«No, non è vero!»

«Sì, è vero!»

«Sta rallentando, Stecco, sta rallentando! Ma non si è ancora fermata! Guardala!»

Ci fu una pausa.

«Adesso sì».

«Forse hai ragione».

«Credi che sia pericoloso toccarla?»

«Non so. È meglio stare attente».

Zia Spugna e Zia Stecco si misero a girare pian pianino intorno alla pesca, ispezionandola cautamente da tutte le parti. Parevano due cacciatori che avessero appena abbattuto un elefante e non fossero del tutto sicuri se fosse vivo o morto.

La buccia della pesca era meravigliosa – di un giallo caldo e morbido con pennellate rosa e rosso vivo. Zia Spugna si avvicinò cautamente e la toccò con la punta di un dito. « È matura! » gridò. « È semplicemente perfetta! Senti un po', Stecco. Perché non andiamo a prendere subito una zappa per staccar via un bel pezzetto grosso e mangiarcelo? »

« No » disse zia Stecco. « Non ancora ».

« Si può sapere perché? »

« Perché no ».

« Ma non posso aspettare per assaggiarla! » si lagnò zia Spugna. Aveva l'acquolina in bocca e un rivolo di bava le sgocciolava lungo il mento.

« Mia cara Spugna » disse lentamente zia Stecco, ammiccando a sua sorella mentre un astuto sorriso le stirava le labbra sottili. « C'è da fare una montagna di quattrini con questa faccenda, se solo riusciamo a condurla bene. Aspetta e vedrai ».

8

La notizia che una pesca grande quasi come una casa era comparsa nel giardino di qualcuno si propagò per le campagne come un incendio, e il giorno dopo un corteo di gente s'inerpicò sulla ripida collina per ammirare quella meraviglia.

In fretta e furia, zia Spugna e zia Stecco fecero venire dei falegnami a costruire un solido recinto intorno alla pesca per proteggerla dalla folla; e allo stesso tempo le due scaltre signore si piazzarono al cancello del giardino con un gran mazzo di biglietti e cominciarono a far pagare l'ingresso a tutti.

« Fatevi sotto! » urlava zia Stecco. « Solo uno scellino per vedere la pesca gigante! »

« Metà prezzo per i bambini sotto le sei settimane! » gridava zia Spugna.

« Uno alla volta, prego! Non spingete! Non spingete! Entrerete tutti! »

« Ehi, tu! Torna indietro, tu! Non hai pagato! »

A mezzogiorno, tutta la zona era un brulichio di uomini, donne e bambini che si accalcavano e sgomitavano per dare un'occhiata al frutto miracoloso. Elicotteri atterravano come calabroni su tutta la collina e ne sciamavano fuori cronisti, fotografi e tecnici della televisione.

«Prezzo doppio per la macchina fotografica!» gridava zia Stecco.

«Va bene! Va bene!» rispondevano. «Non importa!» E valanghe di soldi entravano nelle tasche delle due avide zie.

Ma mentre fuori c'era tutta questa animazione, il povero James era costretto a rimanere chiuso nella sua stanza, spiando tra le sbarre della finestra la folla di sotto.

«Quell'orrido selvaggio si ficcherà tra i piedi a tutti se lo lasciamo andare in giro» aveva detto zia Stecco quella mattina di buon'ora.

«Oh, vi *prego*» aveva supplicato James, «non vedo altri bambini da anni e anni, e ne verranno tanti e potrei giocare con loro. E potrei aiutarvi con i biglietti».

«Chiudi il becco!» era sbottata zia Spugna. «Tua zia Stecco e io stiamo per diventare milionarie e ci mancherebbe altro che gente come te si mettesse a far malanni e a romperci le uova nel paniere».

Più tardi, quando il primo giorno finì e tutti se ne furono tornati a casa, le zie aprirono la porta della camera di James e gli ordinarono di uscire a raccogliere le bucce di banana e di arancia e le cartacce sparse dappertutto.

«Potrei per piacere avere prima qualcosa da mangiare?» chiese James. «Non ho mangiato per tutto il giorno».

«No» gridarono le due, sbattendolo fuori. «Abbiamo troppo da fare per pensare a darti da mangiare! Stiamo contando i nostri soldi!»

«Ma è buio!» gridò James.

«Fuori!» strillarono le zie. «E restaci finché non hai tolto di mezzo tutte le immondizie!» La porta sbatté. La chiave girò nella toppa.

9

Affamato e tremante, James si trovò tutto solo all'aperto. La notte lo circondava da ogni parte e un'immensa luna bianca splendeva alta nel cielo. Nessun suono, nessun movimento.

La maggior parte delle persone – e i bambini piccoli in particolare – hanno molta paura quando si trovano soli di notte sotto la luna. C'è una quiete mortale e le ombre sono lunghe e nere e prendono continuamente forme strane e diverse che pare si muovano mentre le guardi, e il più lieve fruscio di un rametto ti fa sobbalzare.

In quel momento James si sentiva esattamente così. Fissava dritto davanti a sé con grandi occhi impauriti, non osando quasi respirare. Non lontano, in mezzo al giardino, vedeva la pesca gigante che dominava su tutto il resto. Di notte sembrava ancora più grossa. E che scena abbagliante! La luce della luna scintillava sui suoi grandi fianchi rotondi trasformandola in una favolosa palla di cristallo e d'argento posata sull'erba... silenziosa, misteriosa, stupenda.

E poi tutt'a un tratto piccoli brividi d'eccitazione cominciarono a scorrergli per la schiena. 'Sta per succedere qualcos'altro' si disse. 'E questa vol-

ta sarà qualcosa di ancora più straordinario'. Ne era sicuro. Lo sentiva venire.

Si guardò in giro, chiedendosi cosa mai gli sarebbe successo. Il giardino era argentato e morbido sotto la luna. L'erba era umida di rugiada e un milione di goccioline luccicavano e scintillavano come diamanti intorno ai suoi piedi. E poi, improvvisamente, tutto il posto, l'intero giardino, parve magicamente vivo.

Quasi senza sapere quello che faceva, come attratto da una potente calamita, James Henry Trotter avanzò lestamente verso la pesca gigante. Scavalcò lo steccato che la circondava e le si fermò sotto, guardando in su verso i grandi fianchi ricurvi. Allungò una mano e la toccò delicatamente con la punta di un dito. Era morbida, tiepida e ricoperta di una leggera peluria, come la pelle di un topolino appena nato. Si avvicinò di un passo e strofinò piano la guancia contro la buccia vellutata. E a un tratto, mentre era lì, vide che proprio accanto a lui, in basso, vicino al suolo, nel fianco della pesca c'era un buco.

10

Era un buco piuttosto grande, come potrebbe farlo un animale suppergiù della misura di una volpe.

James vi s'inginocchiò davanti e vi introdusse la testa e le spalle. Strisciò dentro. Continuò a strisciare.

'Questo non è un buco' pensò. 'È una galleria!'

La galleria era umida e buia e, intorno a lui, c'era il caratteristico profumo dolce e asprigno della pesca fresca. Il pavimento era fradicio, le pareti erano bagnate e appiccicose e dal soffitto colava succo di pesca. James aprì la bocca e gliene cadde un po' sulla lingua. Aveva un sapore veramente delizioso.

Ora stava andando in salita, come se la galleria puntasse dritta al centro dell'enorme frutto. James si fermava ogni pochi secondi e dava un morso alla parete. La polpa della pesca era dolce e sugosa, e straordinariamente dissetante.

Avanzò carponi per diversi metri ancora e poi improvvisamente – *bang* – sbatté col cocuzzolo contro qualcosa di molto duro che gli bloccava la strada. Alzò gli occhi. Aveva davanti una parete che a prima vista pareva fatta di legno. La tastò. Sembrava proprio legno, tranne per il fatto che era molto frastagliata e piena di solchi profondi.

« Capperi! » disse. « Lo so che cos'è! Sono arrivato al nocciolo al centro della pesca! »

Poi si accorse che, nella parete del nocciolo, era intagliata una porticina. La spinse. La porta si spalancò. Vi sgusciò dentro e, prima di avere il tempo di alzare gli occhi e vedere dove si trovava, sentì una voce che diceva: « *Guardate* mo' chi c'è! » E un'altra che diceva: « Ti stavamo aspettando! »

James si fermò e, con la faccia sbiancata dall'orrore, guardò quelli che avevano parlato.

Provò ad alzarsi, ma le ginocchia gli tremavano tanto che dovette sedersi di nuovo per terra. Si diede una rapida occhiata alle spalle, pensando di fiondarsi di nuovo nella galleria da dove era venuto, ma la porta era scomparsa. Dietro di lui c'era soltanto una compatta parete marrone.

11

I grandi occhi spauriti di James percorsero lentamente la stanza.

Le creature, alcune sedute in poltrona, altre adagiate su un divano, lo guardavano tutte attentamente.

Creature?

O piuttosto insetti?

Un insetto è di solito qualcosa di piccolo, vero? La cavalletta, per esempio, è un insetto.

E allora come la chiamereste una cavalletta grande come un cane? Grande come un grosso cane. Non vi verrebbe da chiamarla insetto, non vi pare?

Una Vecchia Cavalletta Verde grande come un grosso cane stava seduta in quel momento di faccia a James, dalla parte opposta della stanza.

E di fianco alla Vecchia Cavalletta Verde c'era un enorme Ragno.

E accanto al Ragno c'era una gigantesca Coccinella con nove macchie nere sul guscio scarlatto.

Ciascuno di loro era acquattato in una lussuosa poltrona.

Su un divano lì vicino, comodamente sdraiati in atteggiamenti sinuosi, c'erano un Millepiedi e un Lombrico.

Per terra, nell'angolo più lontano, c'era una cosa grossa e bianca che poteva essere un Baco da Seta. Ma dormiva profondamente e nessuno si curava di lui.

Ognuna di quelle 'creature' era grande almeno quanto James e, nella strana luce verdastra che pioveva da un punto imprecisato del soffitto, facevano davvero spavento.

« Ho fame! » annunciò a un tratto il Ragno, guardando fisso James.

« Sono *io* che sto morendo d'inedia! » disse la Vecchia Cavalletta Verde.

« Anch'*io*! » strillò la Coccinella.

Il Millepiedi si raddrizzò un poco sul divano.

« Siamo *tutti* affamati! » disse. « Abbiamo bisogno di cibo! »

Quattro paia di occhi rotondi, neri e lucidi si fissarono su James.

Il Millepiedi si contorse come se si preparasse a scivolare giù dal divano... ma non lo fece.

Ci fu una lunga pausa... e un lungo silenzio.

Il Ragno (che in realtà era una ragnetta) aprì la bocca e fece scorrere delicatamente sulle labbra la lunga lingua nera. « E tu non hai fame? » chiese improvvisamente, chinandosi in avanti e rivolgendosi a James.

Il povero James stava addossato alla parete opposta, tremante di paura e troppo terrorizzato per rispondere.

« Che cos'hai? » chiese la Vecchia Cavalletta Verde. « Hai l'aria di non star bene! »

« Sembra che stia per svenire da un momento all'altro » disse il Millepiedi.

« Oh, santi numi, poverino! » esclamò la Coccinella. « Mi sa proprio che pensi che vogliamo mangiare lui! »

Ci fu uno scroscio di risate da tutte le parti.

« Oioi! Oioi! Oioi! » esclamarono. « Che orrendo pensiero! »

« Non devi temere » disse la Coccinella con tono gentile. « Non ci sogneremmo mai di farti del male. Tu sei uno dei nostri, ormai, non lo sapevi? Fai parte della truppa. Siamo tutti nella stessa barca ».

« Ti abbiamo aspettato tutto il giorno » disse la Vecchia Cavalletta Verde. « Cominciavamo a pensare che non ti saresti più fatto vivo. Sono felice che tu sia riuscito a venire ».

« Dunque su con lo spirito, ragazzo mio, su con lo spirito! » disse il Millepiedi. « Piuttosto, vieni a darmi una mano con questi stivali. Ci metto delle ore a levarmeli tutti da solo ».

12

James decise che non era quello il momento di fare il difficile: attraversò la stanza fino al posto dov'era seduto il Millepiedi e gli s'inginocchiò davanti.

« Mille grazie » disse il Millepiedi. « Sei davvero gentile ».

« Hai un sacco di scarpe » mormorò James.

« Ho un sacco di zampe » puntualizzò fieramente il Millepiedi. « E un sacco di piedi. Mille, per l'esattezza ».

« E dàgli! » gridò il Lombrico, che parlava per la prima volta. « Non può fare a meno di raccontare frottole sulle sue zampe! Non ne ha affatto mille! Ne ha appena quarantadue! Il guaio è che la gente di solito non vuole perder tempo a contarle. Gli crede sulla parola e basta. E comunque, caro il mio Millepiedi, non c'è niente di speciale nell'avere tante zampe, lo sai, bello? »

« Povero diavolo » bisbigliò il Millepiedi all'orecchio di James. « È cieco. Non può vedere tutto il mio splendore ».

« Secondo me » continuò il Lombrico, « quello che è davvero speciale è non avere neanche una zampa e saper camminare ugualmente ».

« *Camminare*, lo chiama! » gridò il Millepiedi.

« Sei soltanto uno strisciapancia e nient'altro! Sai solo strisciare, tu ».

« Io scivolo » precisò il Lombrico, sussiegoso.

« Sei una bestia viscida » ribatté il Millepiedi.

« Non sono una bestia viscida » disse il Lombrico. « Sono un essere utile e molto amato. Chiedi a qualsiasi giardiniere. Quanto a te... »

« Quanto a me, io sono un insetto nocivo! » proclamò il Millepiedi con un largo sogghigno e un'occhiata circolare per raccogliere consensi.

« Ne va così fiero » disse la Coccinella, sorridendo a James, « ma non saprei dirti perché nemmeno se tu mi tagliassi la testa ».

« Sono l'unico insetto nocivo che c'è in questa stanza! » gridò il Millepiedi, sempre sogghignando. « A meno di contare la Vecchia Cavalletta Verde laggiù. Ma lei è di un'altra epoca. Troppo vecchia per fare ancora l'insetto nocivo ».

La Vecchia Cavalletta Verde puntò i grossi occhi neri sul Millepiedi e lo fulminò con un'occhiata. « Giovanotto » disse con voce lenta, fonda e sprezzante, « non sono mai stata un insetto nocivo in vita mia. Sono una musicista, io ».

« Senti senti! » disse la Coccinella.

« James » disse il Millepiedi, « perché ti chiami James, vero? »

« Sì ».

« Be', James, hai mai visto in vita tua un Millepiedi colossale e stupendo come me? »

« Certamente no » rispose James. « Come hai fatto a diventare così? »

« È stata una cosa molto strana » disse il Millepiedi. « Molto, molto strana davvero. Ora te lo racconto. Stavo trafficando in giardino sotto il vecchio pesco e tutt'a un tratto un buffo affarino verde mi passò dimenandosi davanti al naso. Era verde brillante, e straordinariamente bello, e pareva un sassolino o un minuscolo cristallo... »

« Oh, ma io so che cos'era! » gridò James.

« È successo anche a me! » disse la Coccinella.

« E a me! » disse la signorina Ragno. « Da un momento all'altro c'erano questi affarini verdi dappertutto! La terra ne era zeppa! »

« Io ne ho addirittura ingoiato uno! » dichiarò con fierezza il Lombrico.

« Anch'io! » disse la Coccinella.

« Io ne ho ingoiati tre! » gridò il Millepiedi. « Ma chi è che racconta la storia? Non interrompete! »

« È troppo tardi per raccontare storie » dichiarò la Vecchia Cavalletta Verde. « È ora di dormire ».

« Mi rifiuto di dormire con le scarpe! » gridò il Millepiedi. « Quante te ne mancano, James? »

« Penso di averne tolte una ventina, finora » disse James.

« Allora ne hai ancora novecentottanta » disse il Millepiedi.

« *Ventidue*, non novecentottanta! » strillò il Lombrico. « Sempre bugie ».

Il Millepiedi rise sguaiatamente.

« Smettila di prendere in giro il Lombrico » disse la Coccinella.

Il Millepiedi fu preso da un irrefrenabile attacco di riso. « Prenderlo in giro! » gridò contorcendosi dall'euforia e indicando il Lombrico. « Come si fa a prenderlo, viscido com'è? »

James decise che il Millepiedi non gli stava antipatico. Era un fanfarone, d'accordo, ma che cambiamento sentir ridere qualcuno ogni tanto. Non aveva mai sentito zia Spugna e zia Stecco ridere di gusto per tutto il tempo che era stato con loro.

« Abbiamo davvero bisogno di dormire » disse la Vecchia Cavalletta Verde. « Ci aspetta una giornataccia, domani. Quindi, signorina Ragno, sarebbe tanto gentile da farci i letti? »

13

In pochi minuti, la signorina Ragno aveva già fatto il primo letto. Pendeva dal soffitto, appeso a una corda di fili intrecciati alle due estremità, sicché era più simile a un'amaca che a un letto. Ma era una cosa sontuosa, e il materiale di cui era fatto brillava come seta nella luce pallida.

« Spero proprio che lo troverà comodo » disse la signorina Ragno alla Vecchia Cavalletta Verde. « L'ho fatto più morbido e liscio che ho potuto. L'ho tessuto con filo della Madonna. È un filo di qualità molto migliore di quello che uso per la mia stessa tela ».

« Le sono estremamente grata, mia cara » disse la Vecchia Cavalletta Verde, arrampicandosi sull'amaca. « Ah, proprio di questo avevo bisogno. Buonanotte a tutti. Buonanotte ».

Poi la signorina Ragno filò una seconda amaca, per la Coccinella.

Dopodiché ne filò una lunga per il Millepiedi e una ancora più lunga per il Lombrico.

« E tu come lo preferisci, il tuo letto? » chiese a James, quando giunse il suo turno. « Duro o morbido? »

« Morbido, grazie mille » rispose James.

« Insomma, piantala di gingillarti e pensa a togliermi gli stivaletti! » esclamò il Millepiedi. « Di questo passo non ci resterà nemmeno un minuto per dormire, a noi due! E, per favore, allineali in ordine a due a due quando li sfili, invece di gettarteli dietro le spalle ».

James continuò a lavorare freneticamente con gli stivali del Millepiedi. Ogni stivale aveva delle stringhe che andavano sciolte e allentate prima di poterlo togliere e, a peggiorare le cose, tutte le stringhe avevano nodi complicatissimi che andavano districati con le unghie. Era una gran seccatura. Ci vollero quasi due ore. E quando James ebbe sfilato l'ultimissimo stivaletto e li ebbe messi tutti in fila – ventun paia in tutto – il Millepiedi dormiva già profondamente.

« Svegliati, Millepiedi » sussurrò James, dandogli un colpetto sulla pancia. « È ora di andare a letto ».

« Grazie, caro bambino » disse il Millepiedi, aprendo gli occhi. Poi scese dal divano, avanzò nella stanza e strisciò dentro l'amaca. James entrò nella propria: com'era soffice e comoda in confronto alle nude, dure tavole su cui lo avevano sempre fatto dormire le zie!

« Via la luce » disse il Millepiedi, assonnato. Non accadde nulla.

« Spegni la luce! » ordinò, alzando la voce.

James si guardò in giro nella stanza, chiedendosi con chi stesse parlando, ma dormivano tutti. La Vecchia Cavalletta Verde russava sonoramente.

La Coccinella accompagnava ogni respiro con leggeri sibili, e il Lombrico, arrotolato come una molla sulla sua amaca, soffiava e ansimava a bocca aperta. Quanto alla signorina Ragno, si era fatta una bella tela per sé in un angolo della stanza e vi si era rannicchiata esattamente nel centro, bofonchiando sommessamente in sogno.

« Ho detto di spegnere la luce! » urlò arrabbiato il Millepiedi.

« Parli con me? » chiese James.

« Figurati se sto parlando con te, asino! » rispose il Millepiedi. « Quella svitata di una Lucciola si è addormentata con la luce accesa! »

Per la prima volta da quando era entrato nella stanza, James guardò il soffitto... e vide una cosa straordinaria. Una specie di gigantesca mosca senz'ali e con sei zampe, lunga almeno un metro, stava attaccata a testa in giù al centro del soffitto, e la punta della sua coda pareva letteralmente in fiamme. Una brillante luce verdina, luminosa come la più luminosa lampadina elettrica, emanava dalla sua coda e rischiarava tutta la stanza.

« È una lucciola, quella? » chiese James. « Non ne avevo mai vista una che facesse tanta luce... »

« Pigrona, svegliati! » gridò il Millepiedi.

Ma, dato che la lucciola non si muoveva, il Millepiedi si sporse dall'amaca e afferrò uno degli stivali sul pavimento. « Spegni quella maledetta luce! » urlò, scagliando lo stivale contro il soffitto.

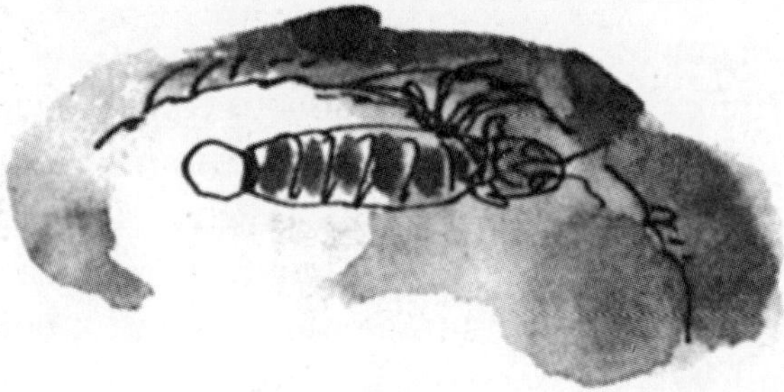

La Lucciola aprì lentamente un occhio e fissò il Millepiedi. « Non c'è bisogno che tu faccia il villano » disse freddamente. « Ogni cosa a suo tempo ».

« Andiamo, andiamo, andiamo! » gridò il Millepiedi. « O te la spengo io! »

« Oh, ciao, James! » La lucciola guardò in giù e rivolse a James un piccolo cenno e un sorriso. « Non ti ho visto entrare. Benvenuto, mio caro ragazzo, benvenuto, e buona notte! »

E – *clic* – la luce si spense.

James Henry Trotter rimase al buio con gli oc-

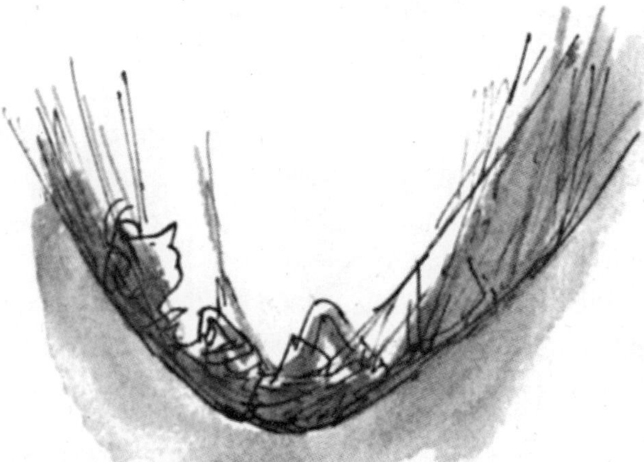

chi spalancati, ascoltando gli strani rumori che le 'creature' facevano intorno a lui nel sonno e chiedendosi cosa mai gli sarebbe successo la mattina dopo. I suoi nuovi amici cominciavano già a piacergli moltissimo. Non erano poi terribili come sembravano. In effetti non erano terribili per niente. Sembravano straordinariamente gentili e cordiali, nonostante tutti i loro strilli e litigi.

« Buonanotte, Vecchia Cavalletta Verde » bisbigliò. « Buonanotte, Coccinella. Buonanotte, signorina Ragno... » Ma prima di riuscire a salutarli tutti, dormiva già saporitamente.

14

« Si parte! » gridò qualcuno. « Si parte! Finalmente! »

James si svegliò di soprassalto e si guardò intorno. Le creature erano tutte scese dalle amache e si muovevano per la stanza in gran fermento. All'improvviso, il pavimento diede una gran scrollata, come per un terremoto.

« Si va! » gridò la Vecchia Cavalletta Verde, saltellando su e giù eccitata. « Tenetevi forte! »

« Cosa c'è? » gridò James, saltando giù dall'amaca. « Cosa succede? »

La Coccinella, che era indubbiamente una creatura amabile e gentile, gli si avvicinò. « Nel caso tu non lo sapessi » disse, « stiamo per abbandonare per sempre la cima di quest'abominevole collina su cui siamo vissuti per tanto tempo. Stiamo per rotolar via all'interno di questa grande, grossa, bellissima pesca verso un paese di... di... di... verso un paese di... »

« Di che? » chiese James.

« Non si sa » rispose la Coccinella, « ma qualsiasi cosa è preferibile a questa desolata collina e alle tue repellenti zie... »

« Udite, udite! » gridarono tutti. « Udite, udite! »

« Forse non te ne sei accorto » proseguì la Coccinella, « ma tutto il giardino, anche prima di arrivare alla cima scoscesa della collina, si stende su un ripido pendio. Perciò l'unica cosa che ha impedito alla pesca di rotolar subito via è il grosso gambo che la tiene attaccata all'albero. Tagli il gambo, e si parte! »

« Ecco! » gridò la signorina Ragno mentre la stanza subiva un altro violento scossone. « Si va! »

« Non ancora! Non ancora! »

« In questo momento » continuò la Coccinella, « il nostro Millepiedi, che ha mascelle affilate come rasoi, è lassù in cima alla pesca a rosicchiare il gambo. E deve aver quasi finito, a giudicare dagli scossoni. Vuoi che ti tenga sotto l'ala, in modo che non ruzzoli quando cominciamo a rotolare? »

« Sei molto gentile » disse James, « ma credo che me la caverò ».

Proprio in quel momento il Millepiedi si affacciò ghignando da un buco nel soffitto e annunciò: « Ce l'ho fatta! Si parte! »

« Si parte! » gridarono gli altri. « Si parte! »

« Il viaggio comincia! » urlò il Millepiedi.

« E chissà dove andrà a finire » brontolò il Lombrico, « se ci sei di mezzo tu. Non avremo altro che guai ».

« Sciocchezze » disse la Coccinella. « Visiteremo posti meravigliosi e vedremo cose stupende! Non è così, Millepiedi? »

« Non si sa quel che si vedrà! » strillò il Millepiedi.

« Vedremo una Bestia con cento e più teste
che vive sul ghiaccio polare
e se un raffreddore, Dio ce ne scampi, la investe,
cento nasi si deve soffiare.

Vedremo un malefico Ghigno a pois rossi
che ingurgita un uomo in un solo boccone;
ne vuole tre a pranzo allo spiedo (senz'ossi)
e venti di sera in salmì col salmone.

Magari vedremo un draghissimo Drago,
e forse un distinto Unicorno,
il cranio vedremo mostruoso di un Mago
di ciuffi di alluci adorno.

Vedremo la dolce Pi-Palli Gallina,
sì mite, gioiosa e garbata.
Che splendide uova! Le friggi in cucina,
e ti scoppia la buona frittata!

E Gnu e Gnoceronti vedrem sul cammino
e la gnorrida, egnorme Zanzara,
che il suo pungiglion se ti punge il piedino
dal naso ti sbuca, o mia cara!

Potremmo smarrirci, o restar congelati,
o annegare nel fango con flemma,
o peggio, potremmo restare infilzati
sul corno di un brutto Dilemma.

Che importa! Partiamo da questo squallore,
da un luogo che ormai ci ripugna!
Frullando, ruotando, balzando per ore
lontano da Stecco e da Spugna».

Un secondo dopo, piano piano, furtivamente, oh, molto dolcemente, la grande pesca s'inclinò e lentissimamente si mise in moto. Tutta la stanza s'inclinò e tutti i mobili scivolarono sul pavimento e andarono a sbattere contro la parete opposta. E così pure James e la Coccinella e la Vecchia Cavalletta Verde e la signorina Ragno e il Lombrico e anche il Millepiedi, che intanto era sceso in gran fretta lungo la parete.

15

Fuori in giardino, in quel preciso istante, zia Spugna e zia Stecco si erano messe al loro posto di fianco al cancello, ciascuna con un blocchetto di biglietti in mano. Già si scorgeva in lontananza la prima ondata di visitatori mattutini che si accingeva a salire la collina per ammirare la pesca.

«Oggi faremo una fortuna» stava dicendo zia Stecco. «Guarda quanta gente c'è!»

«Mi chiedo cos'è capitato al mostriciattolo ieri sera» disse zia Spugna. «Non è più rientrato, vero?»

«Sarà inciampato nel buio e si sarà rotto una gamba» disse zia Stecco.

« O l'osso del collo » disse speranzosa zia Spugna.

« Aspetta solo che mi capiti a tiro » disse zia Stecco, agitando il bastone. « Gli farò passare la voglia di star fuori tutta la notte a suon di bastonate. Perbacco! Cos'è questo terribile fracasso? »

Le due donne si voltarono di scatto a guardare.

Il fracasso, naturalmente, era causato dalla pesca gigante che aveva travolto lo steccato che la circondava, e ora, acquistando velocità di secondo in secondo, rotolava giù per il giardino verso il punto dove si trovavano zia Spugna e zia Stecco.

Spalancarono la bocca. Urlarono. Si misero a correre. Persero la testa. Andarono a sbattere l'una contro l'altra. Si spinsero e si malmenarono, ognuna pensando soltanto a salvare se stessa. Zia Spugna, quella grassa, inciampò in una scatola che aveva portato per metterci dentro i soldi e cadde dritta sul naso. Zia Stecco inciampò immediatamente su zia Spugna e le ruzzolò sopra. Finirono tutt'e due a terra, a scalciare, annaspare, strillare e dimenarsi nel tentativo frenetico di rimettersi in piedi; ma, prima che ci riuscissero, la pesca piombò su di loro.

Ci fu un rumore di ciccia spiaccicata.

E poi silenzio.

La pesca continuò a rotolare. E si lasciò dietro zia Spugna e zia Stecco stirate sull'erba, piatte, sottili e inanimate come una coppia di bambole di carta ritagliate da un album.

16

Ora la pesca aveva travolto anche il recinto del giardino, e rotolava e rimbalzava giù per la ripida discesa a velocità pazzesca. Correva veloce, sempre più veloce, e la gente che saliva a frotte la collina vide all'improvviso quel terribile mostro che le piombava addosso; tutti si misero a urlare gettandosi a destra e a sinistra mentre il mostro passava loro accanto con strepito enorme.

Ai piedi della collina volò oltre la strada, abbattendo un palo del telegrafo e spiaccicando due auto parcheggiate.

Poi sfrecciò scatenata oltre una ventina di campi, schiantando tutti gli steccati e le siepi che si trovava sul cammino. Passò in mezzo a una mandria di pregiate mucche Jersey e poi in mezzo a un gregge di pecore e poi in mezzo a un branco di cavalli al pascolo e poi in mezzo a un cortile pieno di maiali, e ben presto la campagna pullulò di animali che scalpitavano fuggendo, in tutte le direzioni.

E ancora la pesca sfrecciava senza dar segno di voler rallentare. Dopo circa un paio di chilometri arrivò a un villaggio.

E rotolò per la via principale del villaggio, con la gente che si tuffava freneticamente di qua e di là per togliersi dal suo percorso, e in fondo alla strada squarciò la facciata di un edificio e uscì dall'altra parte, lasciando due buchi rotondi nei muri.

L'edificio, guarda caso, era una famosa fabbrica di cioccolato, e di lì a poco un fiume di cioccolato caldo e liquefatto si riversò dai buchi nei muri della fabbrica. Un minuto dopo quella massa scura e appiccicosa scorreva in tutte le strade del villaggio, filtrando sotto le porte delle case, nei negozi e nei giardini. I bambini ci sguazzavano fino al ginocchio e alcuni cercavano anche di nuotarci e tutti se lo risucchiavano a gran sorsate golose, strillando di gioia.

Ma la pesca continuò la sua corsa attraverso i campi – avanti, avanti, avanti – lasciandosi dietro una scia di rovine. Stalle, ovili, porcili, fienili, cascine e pagliai vennero giù come birilli. Un vecchio seduto tranquillamente sulla sponda di un fiume si vide strappar via dalle mani la canna da pesca da quel bolide rotante, e a una donna che si chiamava Daisy Entwistle esso passò tanto vicino da scorticarle la punta del lungo naso.

Si sarebbe mai fermata?

E perché avrebbe dovuto? Un oggetto rotondo continua a rotolare finché si trova in discesa, e in quel caso il terreno digradava in continuazione finché arrivava all'oceano, quello stesso oceano che, il giorno prima, James aveva chiesto alle zie di vedere.

Be', forse l'avrebbe visto ora. La pesca ci si avvicinava ogni istante di più e si avvicinava anche alle bianche scogliere strapiombanti.

Queste scogliere sono le più famose di tutta l'Inghilterra e sono alte centinaia di metri. Sotto di esse, il mare è profondo, freddo e affamato. Molte navi sono state inghiottite e si sono perdute per sempre in questo tratto di costa, con tutti gli uomini che erano a bordo. La pesca ormai distava solo un centinaio di metri dalla scogliera... cinquanta... venti... dieci... cinque... e quando ne raggiunse il bordo parve balzare alta nel cielo e rimaner lì sospesa un attimo, continuando a girare nell'aria...

Poi cominciò a cadere...

Giù...

Giù...

Giù...

Giù...

Giù...

SCIAC! Cadde sull'acqua con uno schizzo colossale e sprofondò come un masso.

Ma dopo pochi istanti riemerse e questa volta rimase così, galleggiando serenamente sulla superficie dell'oceano.

17

In quel momento la scena all'interno della pesca era caotica in modo indicibile. James Henry Trotter, contuso e ammaccato, stava a terra in un groviglio di Millepiedi e Lombrico e Ragno e Coccinella e Lucciola e Vecchia Cavalletta Verde. In tutta la storia dell'umanità, nessun viaggiatore aveva mai fatto un viaggio più atroce di quelle sfortunate creature. Era iniziato bene, tra molti strilli e risate, e nei primi secondi, quando la pesca aveva incominciato a rotolare pian piano, a nessuno era spiaciuto venire sballottato un poco qua e là. E quando c'era stato un BAM! e il Millepiedi aveva gridato: « Questa era zia Spugna! » e poi un secondo BAM!, e: « Questa era zia Stecco! » si era levato uno scroscio di evviva.

Ma appena la pesca rotolò fuori dal giardino e si buttò giù per la ripida collina coi tuffi pazzi, balzi e rimbalzi, l'intera faccenda si trasformò in un incubo. James venne scagliato contro il soffitto, poi di nuovo giù sul pavimento, poi di fianco contro la parete, poi su di nuovo al soffitto, e su e giù e avanti e indietro e tutt'intorno, e intanto anche le altre creature venivano sbatacchiate qua e là e così pure le poltrone e il divano, per non parlare delle quarantadue paia di stivaletti di proprietà del

Millepiedi. Tutto e tutti furono scaraventati in giro come piselli in un enorme sonaglio agitato da un gigante impazzito. E, a peggiorare la situazione, qualcosa si guastò nell'impianto d'illuminazione della Lucciola e la stanza piombò nel buio più fitto. Ci furono urla e gemiti e imprecazioni e grida di dolore, e tutto continuava a girare senza sosta. Una volta James si aggrappò freneticamente a delle grosse sbarre che sporgevano dal muro solo per scoprire che si trattava di un paio di zampe del Millepiedi. « Molla, scimunito! » urlò il Millepiedi, scalciando per liberarsi, e James finì dall'altra parte della stanza, addosso alla Vecchia Cavalletta Verde. S'impigliò due volte nelle zampe della signorina Ragno (un'esperienza orribile) e, verso la fine, il povero Lombrico – che sferzava l'aria come una frusta ogni volta che volava attraverso la stanza ed era ormai fuori di sé dal terrore – si arrotolò intorno al corpo di James e si rifiutò di srotolarsi.

Oh, fu un viaggio angoscioso e terribile!

Ma ora tutto era finito e la stanza divenne da un momento all'altro quieta e silenziosa. Tutti cominciarono a districarsi lentamente e dolorosamente dagli altri.

« Un po' di luce! » urlò il Millepiedi.

« Sì » gridarono tutti. « Luce! Dacci un po' di luce! » « Ci sto provando » rispose la povera Lucciola. « Faccio del mio meglio. Abbiate ancora un po' pazienza, per favore ».

Attesero tutti in silenzio.

Poi una fievole luce verdina prese a emanare dalla coda della Lucciola e si rafforzò gradualmente, finché fu sufficiente per vederci.

«Questo si chiama un gran viaggio!» disse il Millepiedi zoppicando attraverso la stanza.

«Non sarò mai più quello di prima» mormorò il Lombrico.

« Nemmeno io » gemette la Coccinella. « Mi ha rubato anni di vita ».

« Ma amici cari! » gridò la Vecchia Cavalletta Verde, sforzandosi di fare la voce allegra, « siamo *qui*! »

« Dove? » chiesero tutti. « Dove? Dov'è *qui*? »

« Non lo so » ammise la Vecchia Cavalletta Verde. « Ma scommetto che è in un bel posto ».

« Probabilmente siamo in fondo a una miniera di carbone » disse lugubre il Lombrico. « Quel ch'è certo è che, alla fine, siamo piombati giù giù giù all'improvviso. Me lo sono sentito nello stomaco. Me lo sento ancora ».

« Forse siamo in mezzo a un bel paesaggio pieno di canti e di musica » disse la Vecchia Cavalletta Verde.

« O vicino alla riva del mare » disse James, sognante, « con frotte di altri bambini che giocheranno con me sulla spiaggia... »

« Chiedo scusa » mormorò la Coccinella impallidendo un pochino, « mi sbaglio, o stiamo ballonzolando su e giù? »

« Ballonzolando su e giù! » gridarono tutti. « Cosa ti salta in mente? »

« Ti gira ancora la testa dal viaggio » le disse la Vecchia Cavalletta Verde. « Ti passerà presto. Siete pronti ad andare tutti di sopra a dare un'occhiata? »

« Sì, sì! » fecero in coro. « Su! Andiamo! »

«Mi rifiuto di farmi vedere fuori casa a piedi nudi» s'incaponì il Millepiedi. «Prima devo rimettermi gli stivali».

«Per amor del cielo, non vorrai farci assistere a tutta quella commedia un'altra volta» brontolò il Lombrico.

«Diamo tutti una mano al Millepiedi e leviamoci il pensiero» disse la Coccinella. «Coraggio».

Così fecero, tranne la signorina Ragno, che si mise a filare una lunga scala di corda che andava dal pavimento al foro nel soffitto. La Vecchia Cavalletta Verde aveva saggiamente sconsigliato di arrischiarsi a uscire dalla porta laterale, giacché non sapevano ancora dove si trovavano: prima di tutto bisognava salire in cima alla pesca e guardarsi intorno.

Così mezz'ora dopo, quando la scala di corda fu pronta e appesa e il quarantaduesimo stivaletto fu allacciato come si deve al quarantaduesimo piede del Millepiedi, tutti erano pronti a salire. Con crescente entusiasmo e con grida di: «Ci siamo, ragazzi! La Terra Promessa! Non vedo l'ora di vederla!» la compagnia si arrampicò in fila indiana su per la scala e scomparve nella buia e grondante galleria che saliva ripida, quasi verticale, verso l'alto.

18

In un minuto furono all'aperto, in piedi sulla pesca, vicino al gambo, strizzando gli occhi nella luce violenta del sole e scrutandosi nervosamente intorno.

« Cos'è successo? »

« Dove siamo? »

« Ma è *impossibile*! »

« Incredibile! »

« Terribile! »

« Ve lo dicevo io che ballonzolava su e giù » disse la Coccinella.

« Siamo in mezzo al mare! » gridò James.

E infatti era così. Una forte corrente e un vento impetuoso avevano allontanato con tanta rapidità la pesca dalla costa che la terra non si vedeva già più. Intorno a loro si stendeva il vasto oceano oscuro, profondo e ingordo. Piccole onde gorgogliavano contro i fianchi della pesca.

« Ma com'è successo? » gridarono. « Dove sono i campi? Dove sono i boschi? Dov'è l'Inghilterra? » Nessuno, nemmeno James, riusciva a capire come diavolo fosse accaduta una cosa simile.

« Signori e signore » disse la Vecchia Cavalletta Verde, sforzandosi di non far trasparire dalla voce il timore e la delusione, « mi sa che ci troviamo in una situazione un po' difficile ».

« Difficile! » gridò il Lombrico. « Mia cara Vecchia Cavalletta, siamo spacciati! Periremo tutti! Sarò anche cieco, ma questo lo vedo chiaramente anch'io! »

« Via gli stivali! » urlò il Millepiedi. « Non posso nuotare con gli stivali addosso! »

« Io non so nuotare affatto! » gemette la Coccinella.

« Neanch'io » mugolò il Lombrico.

« E io nemmeno » disse la signorina Ragno. « Nessuna di noi tre ragazze è capace di nuotare per due secondi di fila ».

« Ma non ne avrete bisogno » disse calmo James. « Galleggiamo magnificamente. E prima o poi passerà una nave e ci raccoglierà ».

Lo guardarono tutti stupefatti.

« Sei proprio sicuro che non andremo a picco? » chiese la Coccinella.

« Certo che ne sono sicuro » rispose James. « Guardate con i vostri occhi ».

Si sporsero tutti dai lati della pesca e scrutarono l'acqua in basso.

« Il ragazzo ha ragione » disse la Vecchia Cavalletta Verde. « Galleggiamo magnificamente. Adesso dobbiamo metterci seduti e rimanere perfettamente calmi. Tutto andrà per il meglio ».

« Che totale assurdità! » gridò il Lombrico.

« Niente va mai per il meglio, e lei lo sa benissimo! »

« Povero Lombrico » bisbigliò la Coccinella all'orecchio di James. « Adora trasformare tutto in un disastro. Non sopporta di essere felice. È felice solo quando è depresso. Non è strano? Ma del resto m'immagino che *essere* un Lombrico sia già abbastanza deprimente, non credi? »

« Se questa pesca non affonderà » stava dicendo il Lombrico, « e se non affogheremo, siamo comunque destinati a morire di fame. Vi rendete conto che non abbiamo mangiato niente di niente da ieri mattina? »

« Perdindirindina! Hai ragione! » gridò il Millepiedi. « Per una volta, il Lombrico ha ragione! »

« Ovvio che ho ragione » disse il Lombrico. « E oltretutto non abbiamo la minima probabilità di trovare niente in giro. Diventeremo sempre più magri, avremo sempre più sete e moriremo tutti di una morte lenta e sinistra. Io sto già morendo. Mi sto già raggrinzendo poco a poco per mancanza di cibo. Personalmente, preferirei affogare ».

« Ma santa pazienza, devi essere *cieco*! » gridò James.

« Lo sai bene che sono cieco » ribatté il Lombrico. « Non occorre rigirare il coltello nella piaga ».

« Non volevo dire questo » si corresse rapido James. « Scusami. Ma non vedi che... »

« Non vedo? » gridò il povero Lombrico. « Come posso vedere se sono cieco? »

James trasse un profondo, lento respiro. Poi disse pazientemente: « Non *capisci* che qui abbiamo cibo a sufficienza per tirare avanti settimane e settimane? »

« Dove? Dove? » chiesero tutti.

« Ma come, la pesca, no? Tutta la nostra nave è fatta di cibo! »

« Per i saltabecchi di Giosafat! » gridarono. « Non ci abbiamo mai pensato! »

« Mio caro James » disse la Vecchia Cavalletta Verde posandogli affettuosamente una zampa sulla spalla, « non so come faremmo senza di te. Signori e signore, siamo di nuovo salvi! »

« Non lo siamo minimamente! » sbuffò il Lombrico. « Devi essere folle! Non possiamo mangiarci la nave! È la sola cosa che ci tiene a galla! »

« Se non la mangiamo, moriremo affamati! » disse il Millepiedi.

« E se la mangiamo, moriremo affogati! » gridò il Lombrico.

« Ohiohi poveri noi » si lamentò la Vecchia Cavalletta Verde. « Siamo messi peggio di prima! »

« Non potremmo mangiarne solo un pezzettino *piccolo*? » chiese la signorina Ragno. « Ho una fame atroce ».

« Potete mangiarne quanto volete » rispose James. « Ci vorrebbero settimane e settimane prima di scalfire anche di poco questa pesca gigantesca. Lo capite anche voi, vero? »

« Accipicchia, ha di nuovo ragione! » gridò la Vecchia Cavalletta Verde, battendo le zampe. « Ci vorrebbero settimane e settimane! È evidente! Ma non traforiamo tutto il ponte. Penso che sia meglio scavare nella galleria, quella da cui siamo saliti ».

« Ottima idea » approvò la Coccinella.

« Perché sembri tanto preoccupato, Lombrico? » chiese il Millepiedi. « Qual è il problema, ora? »

« Il problema è... » disse il Lombrico, « il problema è... be', il problema è che non c'è nessun problema! »

Tutti scoppiarono a ridere. « Fatti coraggio, Lombrico! » dissero. « Vieni a mangiare! » Si avvicinarono all'orlo della galleria e cominciarono a staccare grossi tocchi di succosa e dorata polpa di pesca.

« Oh, squisita! » disse il Millepiedi, abboffandosi.

« Deeeliziosa! » disse la Vecchia Cavalletta Verde.

« Semplicemente favolooosa! » disse la Lucciola.

« Santo cielo » disse compita la Coccinella. « Che sapore divino! » Alzò gli occhi su James e gli sorrise, e James ricambiò il sorriso. Si sedettero insieme sul ponte, continuando a masticare felici.

« Sai, James » disse la Coccinella, « finora non avevo assaggiato altro che quei piccoli moscerini verdi che vivono sui rosai. Hanno un sapore assolutamente squisito. Ma questa pesca è ancora meglio ».

« Non è fantastica? » disse la signorina Ragno, raggiungendoli. « Personalmente, avevo sempre pensato che un grosso, succoso moscone avvoltolato in tela di ragno fosse il bocconcino migliore del mondo, ma non avevo ancora assaggiato *questo* ».

« Com'è gustosa! » gridò il Millepiedi. « È pazzesco! Non esiste al mondo niente di simile! E non è mai esistito! Lo posso ben dire io che ho gustato personalmente i piatti più prelibati! » E a questo punto il Millepiedi attaccò a cantare:

« Ho mangiato più d'un piatto sopraffino e ricercato
nella mia carriera:
moscerini in gelatina, pulci fritte, gorgoglioni in
insalata, vespe col groviera,

e sorcetti con la panna – una manna! – misti alla
pastiera.
(Ma non scordate un pizzico di fuliggine nera.)

Ho mangiato fangoburger in locali a cinque stelle,
con fondi di caffè;
ho mangiato uova di cimice, calabroni al pomodoro,
e forficole in soufflé,
scarafaggi ai tre formaggi – se li assaggi, prima
inzuppali nel tè.
(I gusci vanno sempre messi a mollo nel saké.)

Sono ghiotto di sformati di formiche e sbavolfiori
con pesto di pidocchi,
scorpacciate posso fare di lucertole e ragnetti
e trippa di ranocchi;
e che dire d'un pasticcio di terriccio agli streptococchi?
(Il guaio è che è indigesto se
non l'annaffi con un sorso generoso di caffè.)
Di pungiglioni d'api amo un fritto crock-croccante,
o di aculei di riccio un'insalata pick-piccante,
o carne affumicata di drago ben pepata
(la manda il fabbricante
pagando in contrassegno postale o in contante.)

Mi piacciono i tentacoli di polpo con il tè,
gradisco i cani caldi e i rospi caldi, meglio se
con sogliole (le voglio condite col petrolio)
e garantisco che
un piatto più veloce ed economico non c'è.

Festeggio il compleanno con fusilli o con risotto
ai fiocchi di caucciù e punte d'orecchie di bassotto,
e un guscio trito fino di tatù pandolino.
(Di solito lo inghiotto
col naso ben tappato ché l'odore è poco ghiotto.)

Ma adesso il Millepiedi *arriva al dunque amici cari,*
ai cibi che vi ho detto, prelibati, scelti e rari
rinuncerei qui e subito
(l'affermo e non ne dubito!)
e offrirei monti e mari
per un mini-pezzetto
per un micro-morsetto
della sublime PESCA *dall'aroma senza pari!* »

Erano tutti felici. Il sole splendeva nel cielo limpido e azzurro e la giornata era tranquilla. La pesca gigante sembrava una grande palla d'oro che navigasse su un mare d'argento.

19

« Guardate » gridò il Millepiedi mentre tutti stavano finendo di mangiare. « Guardate quella strana cosa nera e sottile che taglia il mare laggiù! »

Rotearono su se stessi per guardare.

« Ce ne sono due » disse la signorina Ragno.

« Ce ne sono *tante*! » disse la Coccinella.

« Cosa sono? » chiese il Lombrico, preoccupato.

« Saranno pesci » disse la Vecchia Cavalletta Verde. « Forse sono venuti a salutarci ».

« Sono pescicani! » gridò il Lombrico. « Scommetto quel che volete che sono pescicani e che sono venuti a divorarci! »

« Che scemenza abissale! » disse il Millepiedi, ma la sua voce risuonò improvvisamente un po' incerta e per una volta non rideva.

« Sono arciconvinto che sono pescicani! » insistette il Lombrico. « Lo so per certo che sono pescicani! »

E in realtà lo sapevano anche gli altri, ma avevano troppa paura per ammetterlo.

Ci fu un breve silenzio. Tutti scrutavano con ansia gli squali che nuotavano intorno alla pesca.

« E se anche per ipotesi fossero pescicani » disse il Millepiedi, « non corriamo nessun rischio se rimaniamo quassù ».

Ma non aveva ancora finito di parlare, che una di quelle pinne nere e sottili cambiò improvvisamente rotta e, solcando veloce l'acqua, si portò sotto al fianco della pesca. Lo squalo si fermò e guardò in su la compagnia con occhietti cattivi.

«Vai via!» gridarono. «Vai via, brutta bestiaccia!»

Lentamente, quasi con indolenza, il pescecane aprì la bocca (che era abbastanza grande da inghiottire una carrozzina) e addentò a fondo la pesca.

Assistevano tutti, allibiti.

Poi, come a un segnale, tutti gli altri squali nuotarono verso la pesca e vi si ammassarono intorno e si misero ad attaccarla furiosamente. Dovevano essere almeno in venti o trenta, e tutti si urtavano spingendosi avanti e sferzavano con la coda l'acqua, facendola ribollire di schiuma.

In cima alla pesca scoppiò il pandemonio.

«Siamo spacciati!» gridò la signorina Ragno, torcendosi i piedi. «Si mangeranno tutta la pesca e non avremo più dove stare e poi toccherà a noi!»

«Ha ragione!» gridò la Coccinella. «Siamo definitivamente perduti!»

«Non voglio essere mangiato!» piagnucolò il Lombrico. «Invece mi mangeranno per primo perché sono così grassottello e succulento e senz'ossa!»

«Non possiamo fare niente?» chiese a James la

Coccinella. « Sono sicura che tu puoi pensare a un modo per cavarci da questo impiccio ».

Tutti guardarono James.

« Pensa! » implorò la signorina Ragno. « *Pensa*, James, *pensa*! »

« Forza » lo incoraggiò il Millepiedi. « Forza, James. Ci dev'essere un modo ».

Tenevano gli occhi fissi su di lui, tesi, angosciati, pateticamente fiduciosi.

20

« Potremmo tentare una cosa » disse James Henry Trotter. « Può anche non funzionare... »

« Diccela! » gridò il Lombrico. « Diccela svelto! »

« Tenteremo qualsiasi cosa! » esclamò il Millepiedi. « Ma presto, presto, presto! »

« State zitti e lasciate parlare il ragazzo! » ordinò la Coccinella. « Continua, James ».

Gli si fecero tutti intorno. Ci furono alcuni secondi di silenzio.

« Continua! » gridarono frenetici. « Continua! »

E mentre aspettavano, sentivano gli squali sciabordare nell'acqua più in basso. Era quanto bastava per far perder la testa a chiunque.

« Su, James » lo incoraggiò la Coccinella.

« Ho... ho... ho paura che non si potrà fare » mormorò James scuotendo la testa. « Mi dispiace molto. Non ci avevo pensato. Non abbiamo spago. Ci vorrebbero centinaia di metri di spago perché possa funzionare ».

« Che tipo di spago? » chiese spiccia la Vecchia Cavalletta Verde.

« Qualsiasi tipo, purché sia forte ».

« Ma mio caro ragazzo, ce l'abbiamo! Abbiamo spago a volontà! »

« Come? Dove? »

« Il Baco da Seta! » gridò la Vecchia Cavalletta Verde. « Non hai visto il Baco da Seta? È ancora di sotto! Non si muove mai! Gli piace dormire tutto il santo giorno, ma si fa presto a svegliarlo e a farlo filare! »

« E io non conto, forse, se mi è consentito? » fece la signorina Ragno. « Filo bene quanto il Baco da Seta. E, per giunta, so fare anche filati fantasia ».

« Riuscirete a filare spago a sufficienza, fra tutt'e due? » chiese James.

« Quanto ne vuoi ».

« E in fretta? »

« Sicuro! »

« E sarà forte? »

« Fortissimo! Sarà spesso come un tuo dito! Ma perché? Cosa vuoi farne? »

« Farò sollevare la pesca dall'acqua! » annunciò James con decisione.

« Sei matto! » gridò il Lombrico.

« È la nostra unica possibilità ».

« Il ragazzo è pazzo! »

« Sta scherzando! »

« Continua, James » disse dolcemente la Coccinella. « Come pensi di fare? »

« Agganciandoci alle nuvole, suppongo » lo canzonò il Millepiedi.

« Ai gabbiani » replicò calmo James. « Qui ce ne sono tantissimi. Guardate là in alto! »

Guardarono tutti in alto e videro un grande stormo di gabbiani volteggiare in tondo nel cielo.

« Prenderò una lunga cordicella di seta » proseguì James, « e la legherò intorno al collo di un gabbiano. E poi annoderò l'altro capo al gambo della pesca ». Indicò il picciolo della pesca, che si rizzava come un corto, grosso, albero in mezzo al ponte. « Poi prenderò un altro gabbiano e rifarò la stessa cosa e poi un altro e un altro ancora... »

« Ridicolo! »

« Assurdo! »

« Trulleria! »

« Balordaggine! »

« Follia! »

E la Vecchia Cavalletta Verde disse: « Com'è possibile che un paio di gabbiani sollevino in aria una cosa enorme come questa, e con tutti noi sopra? Ce ne vorrebbero centinaia, migliaia... »

« I gabbiani non mancano » ribatté James. « Guardate da voi. Probabilmente ce ne vorranno quattrocento, cinquecento, seicento... o mille addirittura... non lo so... continuerò a fissarli al gambo finché riusciranno a sollevarci. E prima o poi ci solleveremo. È come con i palloni. Se date in mano a qualcuno un numero sufficiente di palloni, se ne vola via. E un gabbiano ha una forza di sollevamento molto maggiore di un pallone. Speriamo solo di avere abbastanza tempo. Speriamo che quegli orribili squali non ci facciano affondare prima... »

« Ti manca una rotella! » disse il Lombrico. « Come cavolo pensi di poter legare lo spago intorno al collo d'un gabbiano? Immagino che volerai lassù ad acchiapparlo! »

« Il ragazzo è rimbambito! » disse il Millepiedi.

« Fatelo finire » disse la Coccinella. « Vai avanti, James. Come pensi di fare? »

« Con l'esca ».

« Esca? Che genere di esca? »

« Un verme, naturalmente. I gabbiani vanno matti per i vermi, non lo sapevate? E abbiamo la fortuna di avere qui il più grosso, il più grasso, il più roseo, il più succulento Lombrico del mondo ».

« Smettila subito! » esclamò il Lombrico, risentito. « Basta così! »

« Vai avanti » dissero gli altri, che cominciavano a mostrarsi interessati. « Vai avanti! »

« I gabbiani l'hanno già avvistato » proseguì James. « Per questo girano in tondo. Ma non osano tuffarsi a prenderlo finché noi rimaniamo tutti qui. Perciò penso che... »

« Taci! » gridò il Lombrico. « Taci, taci, taci! Non ci sto! Mi rifiuto! Io... io... io... io... »

« Sta' calmo! » disse il Millepiedi. « Bada ai fatti tuoi! »

« Ah, questa poi è grossa! »

« Mio caro Lombrico, ti mangeranno comunque, e allora che differenza c'è se saranno i pescicani o i gabbiani? »

« Non ci sto! »

« Perché non sentiamo prima com'è il piano? » disse la Vecchia Cavalletta Verde.

« Non m'importa un fico secco del piano! » gridò il Lombrico. « Non voglio farmi sbecchettare a morte da uno stormo di gabbiani! »

« Diventeresti un martire » disse il Millepiedi. « Ti renderei onore per il resto della vita ».

« Anch'io » disse la signorina Ragno. « E il tuo

nome verrà scritto su tutti i giornali. 'Lombrico sacrifica la vita per salvare gli amici...' »

« Ma non dovrà sacrificare la vita » disse James. « Adesso statemi a sentire. Faremo così... »

21

« Perbacco, eccezionale! » gridò la Vecchia Cavalletta Verde quando James ebbe illustrato il suo piano.

« Il ragazzo è un genio! » proclamò il Millepiedi. « Mi potrò anche tenere gli stivali addosso ».

« Ohi ohi, mi beccheranno a morte! » gemette il povero Lombrico.

« Ma no che non beccheranno... »

« Sì che mi beccheranno, lo so! E non potrò nemmeno vederli arrivare, dato che non ho occhi! »

James andò vicino al Lombrico e lo circondò delicatamente con un braccio. « Non permetterò che ti tocchino » disse. « Te lo prometto. Ma dobbiamo far *presto*! Guardate laggiù! »

Gli squali erano ancora aumentati. L'acqua brulicava di squali. Dovevano essere novanta o cento almeno. E i passeggeri appollaiati sulla cima ebbero l'impressione che la pesca affondasse sempre più nell'acqua.

« Ai posti di combattimento! » urlò James. « Svelti! Non c'è un istante da perdere! » Lui era il capitano, ora, e tutti lo sapevano. Avrebbero obbedito ai suoi ordini senza discutere.

« Tutta la ciurma sottocoperta, meno il Lombrico! » ordinò.

« Sì, sì! » dissero pronti, infilandosi nella galleria. « Forza, sbrighiamoci! »

« Tu, Millepiedi! » gridò James. « Salta giù e metti subito al lavoro il Baco da Seta! Digli di filare a velocità supersonica! La nostra vita dipende da lui! E lo stesso vale per lei, signorina Ragno! »

22

In pochi minuti tutto fu pronto.

C'era quiete, ora, sulla sommità della pesca. Nessuno in vista... nessuno, tranne il Lombrico.

Una metà del Lombrico – simile a una grande, grossa, succulenta salsiccia rosa – giaceva innocentemente al sole esponendosi ai gabbiani.

L'altra metà penzolava nella galleria.

James era accovacciato vicino al Lombrico nella bocca della galleria, subito sotto la superficie, in attesa del primo gabbiano. Stringeva in mano un cappio di filo di seta.

La Vecchia Cavalletta Verde e la Coccinella erano più in basso, avvinghiate alla coda del Lombrico, pronte a tirarlo giù di botto e a metterlo in salvo a un cenno di James.

E giù in fondo, nel grande nocciolo della pesca, la Lucciola rischiarava la stanza in modo che i due filatori, il Baco da Seta e la signorina Ragno, vedessero quello che stavano facendo. Anche il Millepiedi era là e li incitava freneticamente a lavorare più in fretta, e ogni tanto James sentiva la sua voce salire fievole dalle profondità: « Fila, su, fila, Baco, fila, pancione sfaticato! Più svelto, più svelto, o ti buttiamo agli squali! »

« Ecco che arriva il primo gabbiano! » bisbigliò

James. « Stai fermo adesso, Lombrico. Stai fermo. E voialtre, pronte a tirare ».

« Ti prego, non lasciare che mi buchi » implorò il Lombrico.

« No no. Ssst... »

Con la coda dell'occhio, James seguì il gabbiano che calava in picchiata sul Lombrico. E poi a un tratto fu così vicino che poté scorgerne gli occhietti neri e il becco ricurvo, e il becco era aperto, pronto a staccare un bel tocco di ciccia dal corpo del Lombrico.

« Tirate! » gridò James.

La Vecchia Cavalletta Verde e la Coccinella diedero un tremendo strattone alla coda del Lombrico, che scomparve come per incanto nella galleria. Nello stesso istante, la mano di James scattò su e il gabbiano volò dritto dentro il cappio di seta. Il cappio, eseguito con grande perizia, gli si strinse al punto giusto – non troppo forte – attorno al collo, e il gabbiano restò preso.

« Urrah! » gridò la Vecchia Cavalletta Verde, che spiava fuori dal buco. « Bel colpo, James! »

Volò in alto il gabbiano mentre James gli cedeva man mano il filo. Gliene diede una cinquantina di metri e poi lo legò al gambo della pesca.

« Al prossimo! » gridò, saltando dentro il buco. « Torna fuori, Lombrico! Altra seta, Millepiedi! »

« Oh, non mi piace affatto » si lamentò il Lombrico. « Mi ha mancato per un pelo! Ho sentito

una raffica sul dorso quando mi è passato sopra! »
« Ssst! » bisbigliò James. « Zitto! Eccone un altro! »

Così rifecero la scena.

E poi ancora e ancora e ancora.

I gabbiani continuavano ad arrivare e James li acciuffava l'uno dopo l'altro e li assicurava al gambo della pesca.

« Cento gabbiani! » annunciò, asciugandosi il sudore dal viso.

« Non smettere! » gridarono tutti. « Non smettere, James! »

« Duecento gabbiani! »

« Trecento gabbiani! »

« Quattrocento! »

I pescicani, quasi avvertendo il rischio di perdere la preda, si scagliavano sulla pesca con più furia che mai, e la pesca affondava sempre più.

« Cinquecento gabbiani! » gridò James.

« Il Baco dice che sta esaurendo la seta! » urlò il Millepiedi da sotto. « Dice che non può tirare avanti a lungo. E nemmeno la signorina Ragno! »

« Ma *devono*! » urlò James di rimando. « Non possono fermarsi a questo punto! »

« Si alza! » gridò qualcuno.

« Macché! »

« L'ho sentito! »

« Ancora un gabbiano, svelto! »

« Calmi! State calmi! Eccone un altro! »

Era il cinquecentunesimo gabbiano e, quando

James l'ebbe catturato e legato al gambo con gli altri, l'enorme pesca cominciò a un tratto a sollevarsi lentamente dall'acqua.

« Attenti! Si va! Tenetevi saldi, ragazzi! »

Ma poi la pesca si fermò.

Rimase sospesa.

Si librava nell'aria e dondolava, ma non si sollevava oltre. Sfiorava appena le onde con la base. Era come una bilancia in delicatissimo equilibrio, quando basta la più debole spinta per farla pendere da una parte o dall'altra.

« Ancora un altro e poi basta! » gridò la Vecchia Cavalletta Verde, guardando fuori dal buco. « Ci siamo quasi! »

E infine arrivò il gran momento. In un battibaleno, il cinquecentoduesimo gabbiano venne catturato e ormeggiato al gambo della pesca...

E improvvisamente...

Ma lentamente...

Maestosamente...

Come un magico pallone d'oro...

Con tutti i gabbiani che tendevano i fili verso l'alto...

La pesca gigante si sollevò gocciolando dal mare e s'innalzò verso il cielo.

23

In una frazione di secondo furono tutti fuori.

« Oh, ma è stupendo! » gridarono.

« Che sensazione meravigliosa! »

« Addio, pescicani! »

« Ragazzi, questo sì ch'è un bel viaggiare! »

La signorina Ragno, che stava letteralmente squittendo dall'eccitazione, afferrò il Millepiedi per la vita e tutt'e due si misero a volteggiare intorno al gambo della pesca. Il Lombrico si drizzò sulla coda e, per la gioia, eseguì una specie di danza del ventre. La Vecchia Cavalletta Verde faceva salti sempre più alti. La Coccinella corse da James e gli strinse calorosamente la mano. La Lucciola, che alla luce del sole era una creatura molto timida e taciturna, sedeva irradiando felicità vicino all'entrata della galleria. Persino il Baco da Seta, pallido e smunto e stremato, strisciò fuori per assistere alla miracolosa ascensione.

Andarono su, sempre più su, e ben presto furono alti sull'oceano quanto la guglia di un campanile.

« Sono un po' preoccupato per la pesca » disse James agli altri quando ebbero smesso di ballare e di urlare. « Chissà che danni avranno fatto quei pescecani di sotto. Da quassù non si riesce a vedere ».

« Potrei scendere lungo il fianco a fare un'ispezione » propose la signorina Ragno. « Nessun problema, ve l'assicuro ». E, senza aspettare risposta, produsse rapidamente un tratto di filo di seta e ne attaccò l'estremità al picciolo. « Sarò di ritorno in un attimo » disse. Poi si avviò tranquillamente verso il bordo della pesca e saltò giù, mollando il filo dietro a sé mano a mano che scendeva.

Gli altri si affollarono ansiosi intorno al punto da dove era saltata.

« Non sarebbe atroce se il filo si spezzasse? » disse la Coccinella.

Ci fu un lungo silenzio.

« Tutto bene, signorina Ragno? » gridò la Vecchia Cavalletta Verde.

« Sì, grazie! » rispose la sua voce dal basso. « Sto risalendo! » E salì, arrampicandosi un piede dietro l'altro sul filo, facendolo al contempo rientrare abilmente nel corpo via via che lo superava.

« È un disastro? » le chiesero. « È tutta mangiucchiata? Ci sono grossi buchi dappertutto? »

La signorina Ragno s'inerpicò di nuovo in coperta con un'aria sollevata ma allo stesso tempo perplessa. « Non ci crederete » disse, « ma in realtà, là sotto, non si vede quasi nessun danno. La pesca è pressocché intatta! Manca solo qualche pezzetto qua e là, ma niente di più ».

« Devi aver visto male » le disse James.

« È evidente che ha visto male » disse il Millepiedi.

« Vi giuro di no » ribatté la signorina Ragno.

« Ma avevamo intorno centinaia di squali! »

« Facevano spumeggiare l'acqua come birra! »

« Li abbiamo visti aprire e chiudere quelle enormi mascelle! »

« Non mi interessa cosa avete visto » disse la signorina Ragno. « Quel ch'è certo è che non hanno fatto un gran danno alla pesca ».

« E allora perché stavamo affondando? » chiese il Millepiedi.

« Forse non stavamo affatto affondando » suggerì la Vecchia Cavalletta Verde. « Forse eravamo tutti talmente spaventati che ce lo siamo soltanto immaginato ».

Questo, nella realtà dei fatti, era molto più vicino al vero di quanto pensassero. Gli squali, vedete, hanno un naso lungo e appuntito, e la bocca è situata in una posizione scomodissima, molto arretrata. Perciò è più o meno impossibile per loro addentare una superficie ampia, liscia e curva come il fianco di una pesca. Anche se l'animale si volta sulla schiena, non ci riesce, perché c'è sempre il naso di mezzo. Se avete mai visto un cagnolino che tenta di afferrare coi denti una grossa palla, avrete pressappoco l'idea di com'erano andate le cose.

« Sarà stata qualche magia! » disse la Coccinella. « I buchi si saranno rimarginati da sé ».

« Guardate! C'è una nave sotto di noi! » gridò James.

Tutti si precipitarono a sbirciare in basso. Nessuno di loro aveva mai visto una nave.

« Pare una di quelle grosse ».

« Ha tre ciminiere ».

« Si vede gente sui ponti! »

« Salutiamoli. Credete che loro ci vedano? »

Né James né gli altri potevano saperlo, ma la nave che incrociava sotto di loro era nientemeno che la *Queen Mary*, in uscita dal Canale della Manica e diretta in America. E sul ponte di comando della *Queen Mary* stava, stupefatto, il Capitano insieme a un gruppo di suoi ufficiali, tutti a guardare a bocca aperta la grande palla rotonda che si librava sopra le loro teste.

« Non mi piace » disse il Capitano.

« Neanche a me » disse il Primo Ufficiale.

« Pensa che ci stia seguendo? » chiese il Secondo Ufficiale.

« Vi dico che non mi piace » borbottò il Capitano.

« Potrebbe essere pericoloso » mormorò il Primo Ufficiale.

« Giusto! È un'arma segreta! Accidenti! Inviate all'istante un messaggio alla Regina! Il paese dev'essere informato! E datemi il cannocchiale ».

Il Primo Ufficiale porse il cannocchiale al Capitano. Il Capitano se lo portò agli occhi.

« È tutto pieno di uccelli! » gridò, strabiliato. « Il cielo brulica di gabbiani! Cosa cavolo stanno facendo? Un momento! Aspettate un momento! Ci sono delle persone, là sopra! Si muovono! C'è un... un... un... ma è messo a fuoco questo dannato aggeggio? Pare un ragazzino coi calzoni corti! Sì, vedo chiaramente un ragazzino coi calzoni corti in piedi lassù! E c'è una... una... una... una specie di *coccinella gigante*! »

« Ehi, un momento, Capitano! » disse il Primo Ufficiale.

« E una colossale *cavalletta verde*! »

« Capitano! » disse seccamente il Primo Ufficiale.

« Capitano, la prego! »

« E un *ragno* mastodontico! »

« Cribbio, si è attaccato di nuovo alla bottiglia di whisky » bisbigliò il Secondo Ufficiale.

« E un enorme... dico ENORME *millepiedi*! » strillò il Capitano.

« Chiamate il medico di bordo » disse il Primo Ufficiale. « Il nostro Capitano non si sente bene ».

Un istante dopo, la grande palla rotonda scomparve in una nuvola e dalla nave non la videro più.

24

Ma sopra la pesca erano ancora tutti esaltati e felici.

« Chissà dove andremo a finire » disse il Lombrico.

« Che ci importa? » risposero. « I gabbiani presto o tardi tornano sempre a terra ».

E salivano e salivano, alti sopra le nuvole più alte, con la pesca che dondolava dolcemente nel suo navigare.

« Non sarebbe il momento giusto per un po' di musica? » chiese la Coccinella. « Che ne dici, Vecchia Cavalletta? »

« Con piacere, carissima » rispose la Vecchia Cavalletta Verde, inchinandosi rigidamente.

« Evviva! Suona per poi! » gridarono; tutta la compagnia si sedette in cerchio intorno alla Vecchia Musicista Verde, e il concerto iniziò.

Dal momento in cui risuonò la prima nota, gli spettatori rimasero ammaliati. Quanto a James, mai aveva sentito una musica talmente bella! Nel giardino di casa sua, nelle sere d'estate, aveva ascoltato molte volte le cavallette frinire nell'erba, e quel suono gli era sempre piaciuto. Ma adesso era una cosa completamente diversa. Questa era vera musica: ritmo, melodia, intonazione e tutto il resto.

E che meraviglioso strumento suonava la Vecchia Cavalletta Verde. Pareva un violino! Era quasi esattamente come se stesse suonando un violino.

L'archetto del violino, la parte mobile, era la sua zampa posteriore. La corda del violino, la parte che produceva i suoni, era il bordo dell'ala.

Usava solo il segmento più alto della zampa posteriore (la coscia), e lo strofinava su e giù contro il bordo dell'ala con incredibile bravura, ora lento, ora veloce, ma con immutata fluidità e naturalezza.

Era proprio il modo in cui un provetto violinista avrebbe usato il suo archetto; e la musica sgorgava e colmava di magiche melodie il cielo azzurro intorno a loro.

Quando terminò, tutti applaudirono a più non posso e la signorina Ragno si alzò in piedi e gridò: « Brava! Bis! Ancora! »

« Ti è piaciuto, James? » chiese sorridendo la Vecchia Cavalletta Verde.

« Oh, immensamente! » rispose James. « Era stupendo! Era come se tu avessi tra le mani un vero violino! »

« Un *vero* violino! » gridò la Vecchia Cavalletta Verde. « Santo cielo! Questa è buona! Mio caro ragazzo, sono io un vero violino! Fa parte del mio corpo! »

« Ma tutte le cavallette suonano il violino come te? » chiese James.

« No, non tutte. Se lo vuoi sapere, mi trovo a essere una cavalletta 'corna corte'. Ho due antennine qui sulla testa. Le vedi? Eccole. Sono molto corte, no? È per questo che mi chiamo così. E noi 'corna corte' siamo le sole cavallette a sapere come si suona un violino, usando un archetto. I miei parenti 'corna lunghe', che hanno lunghe antenne ricurve, fanno musica strofinando i bordi delle ali superiori. Non sono violinisti, sono strofina-ali. E producono un suono di qualità inferiore. Somiglia più a un banjo che a un violino ».

« Ma è affascinante! » esclamò James. « E pensare che finora non mi ero nemmeno mai chiesto come le cavallette producessero i loro suoni ».

« Mio caro giovane » disse affabile la Vecchia Cavalletta Verde. « C'è un'infinità di cose nel nostro mondo di cui non hai ancora la più pallida idea. Dove credi, per esempio, che io abbia le orecchie? »

« Le orecchie? Sulla testa, m'immagino ».

Tutti scoppiarono a ridere.

« Come, non lo sai? » gridò il Millepiedi.

« Riprovaci » disse la Vecchia Cavalletta Verde. « Non è possibile che tu le abbia da un'altra parte! »

« Ah, non è possibile? »

« Va be', mi arrendo. Dove le hai? »

« Qui » disse la Vecchia Cavalletta Verde. « Una a destra e l'altra a sinistra della pancia ».

«Ma vaaa!»

«Come 'ma vaaa'. Cosa c'è di tanto strano? Dovresti vedere dove le hanno i miei cugini grilli e cirtofilli».

«Dove?»

«Sulle zampe. Una su ogni zampa anteriore, subito sotto il ginocchio».

«Vuoi dire che non sapevi neanche questa?» disse il Millepiedi con aria di superiorità.

«State scherzando» disse James. «È assolutamente impossibile che qualcuno abbia le orecchie sulle zampe».

«E perché?»

«Perché... perché è ridicolo, ecco perché».

«Sai che cos'è ridicolo, secondo me?» disse il Millepiedi, col suo abituale sogghigno. «Non voglio essere sgarbato, ma per me è ridicolo avere le orecchie ai lati della testa. Almeno, da vedere è ridicolo. Dovresti darti una sbirciata allo specchio uno di questi giorni, e poi mi saprai dire».

«Insetto nocivo!» lo sgridò il Lombrico. «Perché devi essere sempre così insolente e villano con tutti? Dovresti chiedere subito scusa a James».

25

James non voleva che Lombrico e Millepiedi si rimettessero a litigare, e perciò chiese in fretta al Lombrico: « Dimmi, e tu non suoni nessun tipo di musica? »

« No, ma faccio altre cose, tra cui alcune davvero *straordinarie* » disse il Lombrico illuminandosi.

« Quali, per esempio? » chiese James.

« Be' » disse il Lombrico, « la prossima volta che ti troverai in un campo o in un orto e ti guarderai attorno, ricordati di questo: ogni granellino di terra, ogni minuscolo grumo di terra che vedi, è passato attraverso il corpo di un lombrico in uno degli ultimissimi anni! Non è meraviglioso? »

« Impossibile! » esclamò James.

« Mio caro ragazzo, è un dato di fatto ».

« Vuoi dire che inghiotti veramente la terra? »

« A tutto spiano » s'inorgoglì il Lombrico. « *Dentro* da una parte e *fuori* dall'altra ».

« Ma perché? »

« Come sarebbe a dire, perché? »

« Perché lo fate? »

« Lo facciamo per i contadini. Rende la terra bella morbida e friabile e le piante crescono meglio. Se proprio vuoi saperlo, i contadini non potrebbero fare a meno di noi. Siamo essenziali. Indispensabili. Perciò è naturale che ci vogliano bene. Ho l'impressione che vogliano perfino più bene a noi che alla Coccinella».

«La Coccinella!» esclamò James, volgendosi verso di lei. «Vogliono bene anche a te?»

«Credo di sì» rispose modestamente la Coccinella, arrossendo tutta. «In effetti, sembra che in certi posti i contadini ci vogliano tanto bene che vanno a comperare sacchi e sacchi di coccinelle, le portano a casa e poi le lasciano libere nei campi. Più coccinelle hanno, più sono contenti».

«Ma perché?» chiese James.

«Perché ci pappiamo tutti quei brutti insettini che si mangiano i raccolti del contadino. È un lavoro utilissimo, e noi non chiediamo un soldo per il servizio».

«Siete eccezionali» disse James. «Posso farti una domanda un po' particolare?»

«Ma certo».

«Be', è proprio vero che si può scoprire l'età di una coccinella contando i suoi puntini?»

«Oh no, questa è solo una storiella per bambini» disse la Coccinella. «I nostri puntini non cambiano. Alcune di noi, è naturale, nascono con più puntini di altre, ma poi restiamo come siamo nate. Il numero dei puntini serve solo a far capire a quale ramo della famiglia si appartiene. Io, per esempio, come puoi vedere, sono una coccinella 'Nove Puntini'. Sono molto fortunata. È bello essere una 'Nove Puntini' ».

« Hai ragione » disse James, guardando la splendida corazza scarlatta con le sue nove macchioline nere.

« D'altra parte » proseguì la Coccinella, « certe mie parenti meno fortunate hanno appena due puntini! Te lo immagini? Si chiamano coccinelle 'Due Puntini' e, mi spiace doverlo dire, sono molto volgari e maleducate. E poi abbiamo anche le coccinelle 'Cinque Puntini'. Sono molto più sopportabili delle 'Due Puntini', benché io personalmente le trovi un tantino troppo sfacciate per i miei gusti ».

« Ma sono tutte amate e ben viste? »

« Sì » rispose a voce bassa la Coccinella. « Sono tutte ben viste ».

« Allora siete quasi tutti amati, voialtri! » disse James. « È bellissimo! »

« Io no! » gridò felice il Millepiedi. « Io sono un insetto nocivo e ne vado fiero! Eh eh, sono un terribile insettaccio nocivo, di quelli che incutono spavento! »

« Udite, udite » disse il Lombrico.

« E lei, signorina Ragno? » chiese James. « Non è amata anche lei? »

« Ahimè no » rispose la signorina Ragno con un lungo e rumoroso sospiro. « Non sono amata per niente. E invece faccio solo del bene. Tutto il giorno prendo mosche e zanzare nelle mie ragnatele. Sono una persona perbene, io ».

« Lo so » disse James.

« È molto ingiusto il modo come veniamo trattati noi ragni » proseguì la signorina Ragno. « Pensa, giusto l'altra settimana quella tua orrenda zia Spugna ha annegato il mio povero caro papà nella vasca da bagno e l'ha fatto finire nel tubo di scarico ».

« Che orrore! » gridò James.

« Ho assistito alla sua fine da un angolo del soffitto » mormorò la signorina Ragno. « È stato spaventoso. Non l'abbiamo più rivisto ». Un lacrimone le scivolò lungo la guancia e si spiaccicò per terra.

« Ma non porta iella uccidere un ragno? » s'informò James, guardando gli altri.

« Certo che porta iella uccidere un ragno! » gridò il Millepiedi. « È la cosa più iellosa che si possa fare. Hai ben visto che cos'è capitato a tua zia Spugna! BAM! L'abbiamo sentito tutti, no, quando la pesca le è passata sopra? Che BAM sopraffino sarà stato per lei, signorina Ragno! »

« Di gran soddisfazione » ammise la signorina Ragno. « Perché non ci canti qualcosa in proposito, per favore? »

E il Millepiedi cantò.

« Era zia Spugna un orrendo donnone
dal flaccido e molle pancione,
almeno tre dita
di lardo alla vita
e polpacci formato zampone.
'Voglio' disse, 'un profilo ultrapiatto,
una linea flessuosa da gatto!
Farò diete tremende,
mi asterrò da antipasti e merende...'

Ma poi venne la Pesca!
Oh, la splendida Pesca!
e d'un tratto il prodigio fu fatto! »

« Questa non era niente male » disse la signorina Ragno. « Ora cantane una su zia Stecco ».

« Con piacere » ridacchiò il Millepiedi.

« *Era un ago da calza zia Stecco,*
era un osso, ma molto più secco
(tanto che – manca poco –
ci attizzavano il fuoco)
con un naso più adunco d'un becco.
'Basta!' disse. 'Mi sono stufata
di vedermi così allampanata.
Voglio panna a montagne,
castagnacci e lasagne
fino a che non sarò rimpolpata!'
E poi giura e spergiura:
'Già domani avrò un'altra figura!'
Fa la Pesca: 'Io ti muto
fin da questo minuto'.
E la stira per largo con cura! »

Tutti batterono le mani e chiesero a gran voce altre canzoni al Millepiedi, che si lanciò a cantare la sua preferita:

« *C'era c'era ai tempi belli*
quando i maiali eran porcelli,

quando le scimmie annusavan tabacco
e le galline portavano il tacco,
e da un'enorme gluglù porcobrocca
il porcospino prendeva la ciucca,
e l'oca blu si mangiava il ragù
mentre il cucù ripeteva cu... »

« Attento! » gridò James. « Attento! »

26

Il Millepiedi, che durante questa canzone si era scatenato a ballare in coperta, si era avvicinato troppo al punto dove la pesca s'incurvava ripida e, per tre spaventosi secondi, era rimasto pencolante sul bordo, roteando furiosamente le zampe nel tentativo di non cadere nel vuoto. E, prima che qualcuno facesse in tempo ad afferrarlo... precipitò! Cadde e cadde, urlando di terrore, e gli altri, che erano corsi ad affacciarsi, videro il suo povero lungo corpo capitombolare nell'aria diventando sempre più piccolo, finché non lo si vide più.

« Baco da Seta! » gridò James. « Presto! Fila! »

Il Baco da Seta sospirò, perché era ancora esausto per tutta quella seta che aveva filato per i gabbiani, ma fece come gli era stato detto.

« Mi butto dietro a lui! » gridò James, afferrando il filo di seta che cominciava a uscire dal Baco e legandoselo alla vita. « Voialtri tenetevi tutti stretti al Baco da Seta in modo da non trascinarmelo dietro, e tra un po', se sentite tre strappi al filo, tiratemi di nuovo su! »

Si lanciò a capofitto dietro al Millepiedi, giù, giù, giù verso il mare, e potete immaginare come dovesse filare rapidamente il Baco da Seta per star dietro alla velocità della sua caduta.

« Non li rivedremo mai più! » gridò la Coccinella. « Ohiohi! E proprio quando eravamo così felici! »

La signorina Ragno, la Lucciola e la Coccinella scoppiarono a piangere. E anche il Lombrico. « Non m'importa niente per il Millepiedi » singhiozzò. « Ma al ragazzino mi ci ero affezionato ».

Piano piano, la Vecchia Cavalletta Verde cominciò a suonare la Marcia Funebre sul suo violino e, quando finì, tutti, lei compresa, erano in un mare di lacrime.

A un tratto ci furono tre forti strattoni alla

corda. «Tirate!» gridò la Vecchia Cavalletta Verde. «Tutti dietro a me, e tirate!»

C'era quasi un chilometro di filo da ricuperare, ma tutti lavoravano come matti e finalmente dal lato della pesca emerse un grondante James con un grondante Millepiedi avvinghiato stretto a lui con tutte le sue quarantadue zampe.

«Mi ha salvato!» boccheggiò il Millepiedi. «Ha nuotato per tutto l'oceano Atlantico finché mi ha trovato!»

«Mio caro ragazzo» disse la Vecchia Cavalletta Verde dando colpetti affettuosi a James sulla spalla. «Mi congratulo con te».

«I miei stivaletti!» strillò il Millepiedi. «Ma guardate i miei preziosi stivaletti! Sono rovinati dall'acqua!»

«Stai buono!» disse il Lombrico. «Ti è andata bene che sei vivo».

«Continuiamo a salire?» chiese James.

«Certo che sì» rispose la Vecchia Cavalletta Verde. «E si sta facendo buio».

«Lo so. Sarà presto notte».

«Perché non andiamo tutti dentro al caldo fino a domattina?» suggerì la signorina Ragno.

«No» disse la Vecchia Cavalletta Verde. «Credo che non sarebbe sensato. È più sicuro se passiamo tutti la notte quassù e facciamo la guardia. Così, se dovesse succedere qualcosa, almeno saremo preparati».

27

James Henry Trotter e i suoi compagni si rannicchiarono stretti l'uno all'altro sulla sommità della pesca mentre la notte li avvolgeva lentamente. Nuvole si ergevano come montagne alte sulle loro teste, misteriose, minacciose, incombenti. Gradualmente il buio s'infittì e tre pallidi quarti di luna spuntarono sopra le nuvole, illuminando tutta la scena di una luce surreale. La pesca gigante oscillava dolcemente mentre navigava, e le centinaia di bianchi fili di seta tesi verso l'alto erano stupendi nel chiaro di luna. E stupendo era anche lo stormo di gabbiani che volavano in alto.

Non si udiva alcun rumore. Viaggiare sulla pesca non somigliava affatto al viaggiare in aeroplano. L'aeroplano passa rombando e strepitando nel cielo e chiunque sia segretamente appostato lassù nelle grandi montagne di nuvole corre a nascondersi al suo avvicinarsi. Ecco perché la gente che viaggia in aeroplano non vede mai nulla.

Ma la pesca... eh sì, la pesca era un vascello quieto e furtivo e silenzioso. E molte volte in quel lungo, tacito volo notturno, alti sopra l'oceano e sotto la luce della luna, James e i suoi amici videro cose che nessuno aveva mai visto.

Una volta, mentre filavano senza far rumore accanto a una massiccia nuvola bianca, videro sulla sua cima un gruppo di strane cose filacciose, alte almeno il doppio di un uomo normale. Lì per lì non era facile distinguerle, perché erano bianche quasi quanto la nuvola, ma quando si avvicinarono fu evidente che quelle 'cose' erano in realtà esseri viventi: alte, spettrali, nebulose, bianche creature simili a pennacchi, che sembravano fatte di un misto di ovatta, zucchero filato e sottili capelli bianchi.

« Uuuuuuuuuuuh! » fece la Coccinella. « Non mi piacciono, quelli! »

« Sst! » le bisbigliò James. « Non farti sentire! Devono essere gli Uomini-Nube! »

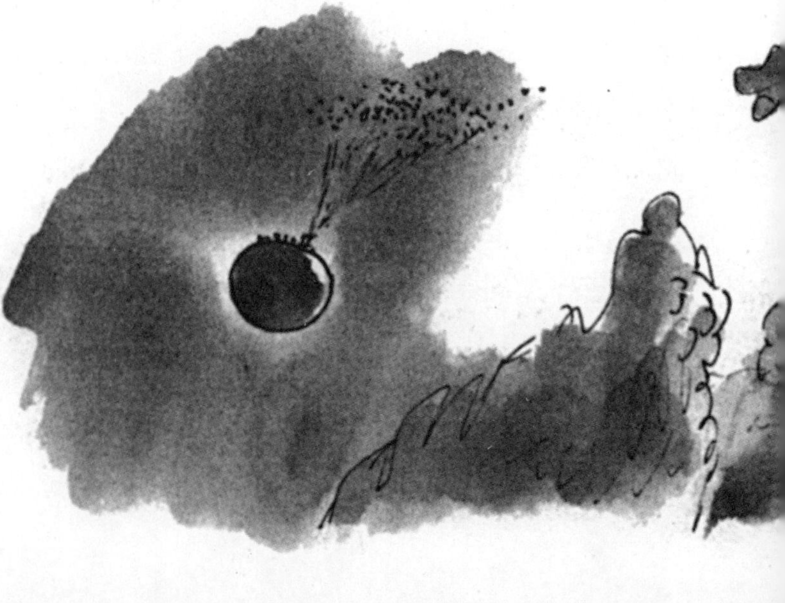

« Uomini-Nube! » mormorarono tutti, stringendosi vicini per farsi coraggio. « Ohiohiohi! »

« Meno male che sono cieco e non li vedo » disse il Lombrico, « se no probabilmente urlerei ».

« Spero che non si voltino e non vedano *noi* » balbettò la signorina Ragno.

« Pensate che ci mangerebbero? » chiese il Lombrico.

« Mangerebbero *te* » ridacchiò il Millepiedi. « Ti taglierebbero come un salamino e ti mangerebbero a fettine sottili ».

Il povero Lombrico si mise a tremare dal terrore.

« Ma che cosa fanno? » sussurrò la Vecchia Cavalletta Verde.

« Non lo so » rispose James sottovoce. « Stiamo a vedere ».

Gli Uomini-Nube erano raggruppati in piedi e facevano strani movimenti con le mani. Prima le allungavano (tutti insieme) e raccoglievano manciate di nuvola. Poi arrotolavano queste manciate di nuvola tra le dita finché diventavano come delle grosse biglie. Poi buttavano da parte queste biglie e ricominciavano tutto da capo.

Era una scena silenziosa e piena di mistero. Il mucchio di biglie cresceva a vista d'occhio accanto a loro. In poco tempo ce ne furono tante da riempire un autocarro.

« Devono essere completamente pazzi! » disse il Millepiedi. « Non c'è motivo di averne paura! »

« Stai zitto, insetto nocivo! » bisbigliò il Lombrico. « Ci mangeranno tutti, se ci vedono! »

Ma gli Uomini-Nube erano troppo presi dal loro lavoro per accorgersi della grande pesca che veleggiava lì accanto silenziosa.

Poi gli osservatori sulla pesca videro uno degli Uomini-Nube sollevare le lunghe braccia filacciose sopra la testa e lo udirono esclamare: « Va bene, ragazzi! Basta così! Prendete i badili! » E tutti gli altri Uomini-Nube emisero uno stridulo urlo di gioia e si misero a saltellare agitando le braccia per aria. Poi afferrarono degli enormi badili e cominciarono a spalare le biglie a gran velocità, ro-

vesciandole oltre il bordo della nuvola, nel vuoto.
« *Incomincia la festa!* » salmodiavano lavorando.

« Incomincia la festa!
Con grandine e tempesta!
E brividi gelati e sciarpe sulla testa! »

« È *grandine*! » bisbigliò James. « Facevano chicchi di grandine e adesso li scaraventano addosso alla gente sulla terra! »

« Grandine? » disse il Millepiedi. « Ma è ridicolo! Siamo in estate. Non c'è grandine, d'estate ».

« Si esercitano per l'inverno » suggerì James.

« Non ci credo » esclamò il Millepiedi, alzando la voce.

« Sst! » sussurrarono gli altri. E James bisbigliò: « Per l'amor del cielo, Millepiedi, non fare tanto chiasso ».

Il Millepiedi rise fragorosamente. « Quegli imbecilli non sentono un tubo! » gridò. « Sono sordi come campane! State a vedere! » E, prima che qualcuno riuscisse a fermarlo, fece coppa alla bocca coi piedi anteriori e strillò agli Uomini-Nube con quanto fiato aveva in corpo: « Idioti! Tonti! Ebeti! Mammalucchi! Macachi! Cosa diavolo credete di fare! »

L'effetto fu immediato. Gli Uomini-Nube si voltarono di scatto come punti da una vespa. E quando videro la grande pesca dorata che veleggiava nel cielo a meno di cinquanta metri da loro, strillarono dalla sorpresa e mollarono i badili. E rimasero lì avvolti dal chiaro di luna, assolutamente immobili, come un gruppo di grandi statue bianche e pelose, sempre fissando il gigantesco frutto fluttuante.

I passeggeri in cima alla pesca (tutti meno il

Millepiedi) erano impietriti dal terrore e guardavano gli Uomini-Nube chiedendosi cosa sarebbe successo ora.

« L'hai combinata bella, stupido insetto nocivo! » sibilò il Lombrico al Millepiedi.

« Non mi fanno paura! » gridò il Millepiedi e, per dimostrare ancora una volta a tutti che era proprio così, si drizzò quanto era lungo e si mise a saltellare, rivolgendo gesti di scherno agli Uomini-Nube con tutte le sue quarantadue zampe.

Questo fece infuriare gli Uomini-Nube oltre ogni dire. Fecero dietrofront, arraffarono grandi manciate di chicchi di grandine, si precipitarono al bordo della nuvola e cominciarono a scagliarli contro la pesca con strilli rabbiosi.

« Attenti! » gridò James. « Svelti! A terra! Piatti sul ponte! »

Meno male che ubbidirono! Un grosso chicco di grandine può far male quanto un sasso o una pallina di piombo se viene lanciato con forza... e accidenti se sapevano lanciare, quegli Uomini-Nube! I chicchi sibilavano nell'aria come pallottole di mitra e James li sentiva urtare contro i fianchi della pesca e incastrarsi nella polpa succosa con dei brutti *plop*! *plop*! *plop*! *plop*! E poi *ping*! *ping*! *ping*! quando rimbalzavano sul guscio della povera Coccinella che non poteva appiattirsi come gli altri. E poi *crack*! quando un chicco colpì il

Millepiedi proprio sul naso e di nuovo *crack*! quando lo colpì in un altro posto.

« Ahi! » gridò il Millepiedi. « Ahi! Fermi! Fermi! Fermi! »

Ma gli Uomini-Nube non avevano nessuna intenzione di fermarsi. James li vide affannarsi sulla nuvola come una torma di grandi fantasmi irsuti, raccogliere la grandine dal mucchio, sfrecciare verso il bordo della nube, scagliare i chicchi verso la pesca e precipitarsi a prenderne ancora; e poi, quando la riserva di proiettili fu finita, ricominciarono a strappare lembi di nuvola e a farne degli altri, ma molto più grossi stavolta, alcuni grandi come palle di cannone.

« Presto! » gridò James. « Dentro la galleria o ci spazzeranno via tutti! »

Si gettarono verso l'imboccatura della galleria e in mezzo minuto furono tutti sani e salvi e tremebondi dentro il nocciolo della pesca, da dove sentivano ancora i colpi della grandine martellare furiosi contro la buccia.

« Sono conciato! » rantolò il Millepiedi. « Ho ferite in tutto il corpo! »

« Ben ti sta » disse il Lombrico.

« Chi mi dà un'occhiata per vedere se ho il guscio incrinato? » chiese la Coccinella.

« Fai un po' di luce! » gridò la Vecchia Cavalletta Verde.

« Non posso! » gemette la Lucciola. « Mi hanno rotto la lampadina! »

« Mettitene un'altra! » disse il Millepiedi.

« State zitti un momento » ordinò James. « Ascoltate! Mi pare che i colpi siano finiti! »

Smisero di parlare e stettero in ascolto. Sì. Il rumore era cessato.

« Li abbiamo lasciati indietro! »

« I gabbiani ci hanno portato fuori tiro! »

« Evviva! Usciamo a vedere! »

Cautamente, con James in avanscoperta, si arrampicarono di nuovo nella galleria. James sporse la testa e si guardò in giro.

« Via libera! » annunciò. « Non si vedono più! »

28

Uno alla volta, i viaggiatori risalirono sulla sommità della pesca e guardarono attentamente in giro. La Luna splendeva più luminosa che mai e c'erano ancora tante montagne-nube da tutte le parti. Ma nessun Uomo-Nube era in vista.

« La pesca spande! » gridò la Vecchia Cavalletta Verde, che si era sporta a guardar verso il basso. « È piena di buchi e il succo cola fuori dappertutto! »

« Ci siamo! » gridò il Lombrico. « Se la pesca spande andremo a fondo di sicuro! »

« Non fare lo scemo! » gli disse il Millepiedi. « Non siamo mica in acqua! »

« Oh, guardate! » strillò la Coccinella. « Guardate, guardate, guardate! Lassù in alto! »

Tutti si voltarono a guardare.

Lontano e dritto davanti a loro videro uno spettacolo straordinario. Era una specie di arco, una mastodontica cosa arcuata che s'innalzava altissima nel cielo e discendeva alle due estremità. Le estremità poggiavano su un'enorme nuvola piatta, vasta come un deserto.

« E questa che roba è? » chiese James.

« È un ponte! »

« È un enorme cerchio tagliato a metà! »

« È un gigantesco ferro di cavallo messo in piedi! »

« Fermatemi se sbaglio » mormorò il Millepiedi impallidendo, « ma non sono Uomini-Nube quelli che ci si arrampicano sopra? »

Ci fu un silenzio pauroso. La pesca fluttuava sempre più vicino.

« Sono proprio Uomini-Nube! »

« Ce n'è a centinaia! »

« A migliaia! »

« A milioni! »

« Non voglio sentirne parlare! » strillò il povero Lombrico cieco. « Preferirei essere infilzato in cima a un amo a far da esca che dover di nuovo affrontare quegli esseri orrendi! »

« Preferirei essere fritta viva e mangiata da un messicano » gemette la Vecchia Cavalletta Verde.

« Per favore tacete » bisbigliò James. « È la nostra sola speranza ».

Si rannicchiarono zitti zitti in vetta alla pesca, fissando gli Uomini-Nube. Tutta la superficie della nuvola formicolava letteralmente di quegli esseri, mentre altre centinaia si arrampicavano su quell'assurdo, mostruoso arco.

« Ma, in definitiva, che cos'è quell'affare? » mormorò la Coccinella. « E che cosa stanno facendo? »

« Non m'importa cosa stanno facendo! » disse il

Millepiedi, strisciando in fretta verso il buco. « Io non rimango quassù! Arrivederci! »

Ma gli altri erano troppo terrorizzati o troppo ipnotizzati da tutta la faccenda per muoversi.

« Sapete una cosa? » bisbigliò James.

« *Cosa?* » dissero. « *Cosa?* »

« Quell'enorme arco... sembra che lo stiano *dipingendo*! Hanno barattoli di pittura e dei grossi pennelli! Guardate! »

E aveva ragione. I viaggiatori si erano ormai avvicinati abbastanza per vedere che gli Uomini-Nube stavano facendo proprio questo. Avevano tutti in mano degli enormi pennelli e spargevano la pittura sul grande arco a velocità frenetica, tanto che, nel giro di pochi minuti, l'intero arco fu ricoperto dei più sfavillanti colori: rosso, blu, verde, giallo, viola.

« Un arcobaleno! » esclamarono tutti insieme. « Stanno facendo un arcobaleno! »

« Oh, è stupendo! »

« Guardate che colori! »

« Millepiedi! » gridarono. « Devi venir su a vedere! » Erano così affascinati dalla bellezza, dallo splendore dell'arcobaleno, che si dimenticarono di parlare a voce bassa. Il Millepiedi sporse cautamente la testa dall'ingresso della galleria.

« Bene, bene, bene » disse. « Mi sono sempre chiesto come venisse fatta quella cosa. Ma perché tante corde? Cosa fanno con quelle corde? »

«Santo cielo, lo stanno spingendo fuori dalla nuvola!» gridò James. «Ecco che va! Lo calano sulla terra con le corde!»

«E vi dirò un'altra cosa» disse aspro il Millepiedi. «Se non mi sbaglio della grossa, noi stiamo andando dritti a sbatterci contro!»

« Mamma mia, ha ragione! » esclamò la Vecchia Cavalletta Verde.

L'arcobaleno ora oscillava nell'aria sotto la nuvola. Anche la pesca era un po' al di sotto della nuvola e puntava dritta verso l'arcobaleno, viaggiando a discreta velocità.

« Siamo perduti! » gridò la signorina Ragno, torcendosi di nuovo i piedi. « È la fine! »

« Non ce la faccio più! » si lamentò il Lombrico. « Ditemi cosa succede! »

« Forse ci passiamo! » gridò la Coccinella.

« Macché! »

« Sì! »

« Sì... Sì!... No!... Oddio! »

« Tenetevi stretti! » urlò James; e a un tratto ci fu un colpo tremendo quando la pesca andò a urtare contro la parte alta dell'arcobaleno. Seguì uno schianto fortissimo e l'arcobaleno si spezzò a metà in due tronconi.

Il seguito fu estremamente sgradevole. Le funi che gli Uomini-Nube usavano per calare l'arcobaleno si aggrovigliarono coi fili di seta che univano la pesca ai gabbiani! La pesca era in trappola! Scoppiò il finimondo fra i terrorizzati viaggiatori e James Henry Trotter, alzando rapido lo sguardo, vide le facce di mille furibondi Uomini-Nube che lo scrutavano da sopra il bordo della loro nuvola. Le facce non avevano quasi forma per i lunghi peli bianchi che le ricoprivano. Non c'erano nasi, né bocche, né orecchie, né menti: solo gli occhi erano visibili, due occhietti neri che luccicavano malevoli fra tutto quel pelo.

Poi avvenne la cosa più spaventosa di tutte. Un Uomo-Nube, un gigantesco essere irsuto alto almeno cinque metri, si alzò di scatto e fece un formidabile tuffo dalla nuvola, cercando di raggiungere uno dei fili di seta che salivano dalla pesca. James e i suoi amici lo videro volare nell'aria sopra di loro, con le braccia tese in avanti, mirando al filo più vicino, e videro che riusciva ad afferrarlo e ad avvinghiarvisi con le mani e con le gambe. E poi, molto, molto lentamente, spostando una mano sotto l'altra, cominciò a scivolare lungo il filo.

« Pietà! Aiuto! Salvateci! » gridò la Coccinella.

« Viene giù per mangiarci! » gemette la Vecchia Cavalletta Verde. « Tutti fuoribordo! »

« Ma mangerà il Lombrico per primo! » urlò il Millepiedi. « Cosa ci cavi a mangiare me, sono tutt'ossi come una quaglia! »

« Millepiedi! » strillò James. « Svelto! Mordi il filo, quello dove sta scendendo! »

Il Millepiedi si precipitò al gambo della pesca, afferrò il filo di seta tra i denti e lo recise con un solo colpo di mascelle. Immediatamente, lontano sopra di loro, un singolo gabbiano fu visto staccarsi dal resto dello stormo e volar via con un lungo filo che gli penzolava dal collo. E avvinghiato disperatamente all'estremità del filo, urlante e imprecante, c'era l'enorme peloso Uomo-Nube. Salì su e su, dondolando nel cielo rischiarato dalla Luna, e James Henry Trotter, guardandolo estasiato, disse: « Accipicchia, non deve pesare quasi niente perché un solo gabbiano riesca a trascinarlo così! Non dev'essere che pelo e aria! »

Gli altri Uomini-Nube rimasero così trasecolati a vedere uno dei loro portato via in quella maniera, che mollarono le funi e così l'arcobaleno venne giù e i due tronconi precipitarono verso la Terra. E la pesca fu libera e cominciò subito a veleggiare via, lontano da quella terribile nuvola.

Ma i viaggiatori non erano ancora al sicuro. Gli infuriati Uomini-Nube li rincorsero lungo la nuvola, bombardandoli senza pietà con ogni genere di robaccia disgustosa. Barattoli di colore vuoti, pennelli, scale, sgabelli, pignatte, casseruole, uova marce, topi morti, bottiglie di brillantina... qualunque cosa capitasse sotto le mani a quei bruti veniva scagliato sulla pesca. Un Uomo-Nube, prendendo attentamente la mira, scodellò un gallone di densa vernice violetta proprio in testa al Millepiedi.

« Le mie zampe! » urlò disperato il Millepiedi. « Sono tutte appiccicate! Non posso camminare! Non ci vedo! Sono diventato cieco! E i miei stivaletti si sono rovinati! »

Ma al momento tutti erano troppo occupati a schivare gli oggetti lanciati dagli Uomini-Nube per prestare attenzione al Millepiedi.

« La vernice si sta asciugando! » continuava a lamentarsi lui. « Diventa dura! Non riesco a muovere le zampe! Non riesco a muovere nulla! »

« Riesci ancora a muovere la bocca » disse il Lombrico, « ed è un gran peccato ».

« James! » piagnucolò il Millepiedi. « Ti prego, aiutami! Lava via questa pittura! Grattala via! Fa' qualcosa... qualsiasi cosa! »

29

Il tempo che ci volle ai gabbiani per trascinare la pesca lontano dall'orribile nube-arcobaleno parve a tutti interminabile. Ma ci riuscirono finalmente, e allora i viaggiatori si raggrupparono intorno allo sfortunato Millepiedi e si misero a discutere sul modo migliore per togliergli la vernice di dosso.

Bisognava vederlo. Era tutto color ciclamino e, ora che la pittura cominciava a seccare e a indurirsi, doveva star seduto molto rigido e impettito, come imbalsamato in una corazza di cemento. E tutte le sue quarantadue zampe sporgevano dritte davanti a lui come pioli. Si sforzava di dire qual-

cosa, ma non riusciva a muover le labbra. Poteva solo emettere un gorgoglio.

La Vecchia Cavalletta Verde allungò una zampa e gli toccò prudentemente lo stomaco. « Ma come si è potuta asciugare tanto in fretta? » chiese.

« È vernice per arcobaleno » rispose James. « La vernice per arcobaleno si asciuga in un attimo e diventa durissima ».

« Detesto la vernice » dichiarò la signorina Ragno. « Mi fa paura. Mi fa venire in mente zia Stecco – la *fu* zia Stecco, volevo dire – perché l'ultima volta che quella dipinse il soffitto della cucina, la mia povera diletta nonnina ci è montata sopra per sbaglio quand'era ancora umido e c'è rimasta impantanata. E per tutta la notte la sentivamo chiamare e gridare: 'Aiuto! Aiuto! Aiuto!' ed era uno strazio ascoltarla. Ma cosa potevamo fare? Niente di niente fino al giorno dopo, quando il colore si asciugò e allora ci precipitammo a consolarla e a darle qualcosa da mangiare. Non lo crederete, ma è vissuta altri sei mesi in questa maniera, a schiena in giù sul soffitto, con le zampe conficcate nella vernice. Davvero! Le davamo da mangiare ogni giorno. Le portavamo moscerini freschi di ragnatela. Ma poi il 26 aprile scorso, zia Stecco – la *fu* zia Stecco, volevo dire – alzò per caso gli occhi al soffitto e la scorse. 'Un ragno!' gridò. 'Uno schifoso ragno! Presto! Dammi la scopa col manico lungo!' E poi... oh, è stato così spaventoso che non posso nemmeno pensarci... » La signorina Ragno si asciugò una lacrima e guardò tristemente il Millepiedi. « Poverino » mormorò. « Mi dispiace per te ».

« Sarà impossibile togliere la vernice » disse giulivo il Lombrico. « Il nostro Millepiedi non si muoverà mai più. Si muterà in una statua e noi potremo metterlo in mezzo al prato con una vasca in testa per abbeverare gli uccelli ».

« Potremmo tentare di sbucciarlo come una banana » suggerì la Vecchia Cavalletta Verde.

« O di strofinarlo con la carta vetrata » disse la Coccinella.

« Be', se tirasse fuori la lingua » disse il Lombrico, accennando l'unico sorriso di tutta la sua vita, « se la tirasse fuori veramente bene, potremmo afferrarla tutti e metterci a tirare. E, tirando abbastanza forte, potremmo rovesciarlo come un guanto e lui si troverebbe con una nuova pelle! »

Ci fu una pausa mentre gli altri consideravano quell'interessante proposta.

« Credo » disse lentamente James, « credo che la cosa migliore da fare... » S'interruppe. « Cos'è stato? » chiese in fretta. « Ho sentito una voce! Ho sentito gridare qualcuno! »

30

Alzarono tutti la testa, in ascolto.

« Ssst! Ecco di nuovo! »

Ma la voce era troppo lontana per capire quel che stava dicendo.

« È un Uomo-Nube! » gridò la signorina Ragno. « Lo so che è un Uomo-Nube! Ci stanno ancora dietro! »

« Veniva da lassù! » disse il Lombrico, e automaticamente tutti guardarono in su... tutti meno il Millepiedi, che non poteva muoversi.

« Uah! » gridarono. « Aiuto! Pietà! Non c'è scampo stavolta! » Poiché ciò che videro turbinare e accavallarsi sopra alle loro teste fu un immenso nuvolone nero, terribile, minaccioso, temporalesco, che proprio allora cominciò a rombare e a mugghiare. E poi, da su su in alto, dal colmo della nube, giunse fino a loro quella voce remota, forte e chiara questa volta.

« *Aprite i rubinetti!* » gridava. « *Aprite i rubinetti! Aprite i rubinetti!* »

Tre secondi dopo, tutta la superficie inferiore della nuvola parve spaccarsi e scoppiare come un sacchetto di carta... e sgorgò l'acqua! La videro arrivare. La si vedeva bene perché non si trattava di gocce di pioggia. Era una massa compatta d'acqua, come di un lago o addirittura di un oceano, che si riversava dal cielo su di loro e veniva giù, giù, giù, giù, inondando prima i gabbiani e poi la pesca, mentre i poveri viaggiatori ululavano di spavento e annaspavano disperatamente per aggrapparsi a qualcosa – al gambo della pesca, ai fili di seta, a qualsiasi cosa – e l'acqua continuava ad abbattersi rombando su di loro, e picchia e rimbalza e sguazza e spazza, gorgoglia e sbatte e s'ingorga, e sferza e spruzza e sprizza, e frulla, prilla, turbina e zampilla e scroscia e scroscia e scroscia, ed era come trovarsi inchiodati sotto la più gigantesca cascata del mondo senza poterne uscire. Non potevano parlare. Né vedere. Né respirare. E James Henry Trotter, aggrappato disperatamente a uno dei fili di seta sopra il gambo della pesca, si disse che senza dubbio quella era davvero la fine. Ma poi, improvviso com'era cominciato, il diluvio cessò. Ne erano usciti e tutto era finito. Gli straordinari gabbiani avevano attraversato il temporale ed erano sbucati sani e salvi dall'altra parte. La pesca gigante veleggiava di nuovo tranquilla nel cielo misterioso illuminato dalla Luna.

« Sono affogata! » boccheggiò la Vecchia Cavalletta Verde, sputando acqua a litri.

« Mi è entrata nella pelle! » gemette il Lombrico. « Ho sempre pensato di avere la pelle impermeabile, ma non è vero e ora sono zuppo di pioggia! »

«*Guardate me, guardate me!*» strepitò il Millepiedi, agitatissimo. «Mi ha lavato via tutto! La vernice è sparita! Posso muovermi!»

«È da molto che non sento una notizia così brutta» disse il Lombrico.

Il Millepiedi danzava su e giù per il ponte, saltellava e piroettava e faceva capriole e cantava a squarciagola:

«Pioggia benefica, pioggia a torrenti
che mi hai sciolto da tutti i tormenti!
Ora posso tornare
a infierire e infuriare:
sarò peggio d'un male di denti!»

«Oh, piantala!» disse la Vecchia Cavalletta Verde, disgustata.

Ma: «Guardate me!» continuava a strillare imperterrito il Millepiedi.

« Sono libero, LIBERO ho detto,
senza un livido, senza un graffietto.
Se avevate pensato
che io fossi spacciato
(e lì lì sono stato
per venir trucidato)
avevate sbagliato soggetto! »

31

« Come andiamo veloci tutt'a un tratto » disse la Coccinella. « Come mai? »

« Ai gabbiani questo posto sarà piaciuto ancora meno che a noi » rispose James. « Vorranno allontanarsi da qui il più presto possibile. Si sono presi una brutta strizza, col temporale che c'è stato ».

I gabbiani volavano sempre più veloci, filando nel cielo come razzi e trascinandosi dietro la pesca. Si lasciavano alle spalle una nuvola dopo l'altra, bianche e spettrali sotto la Luna, e più volte durante la notte i viaggiatori scorsero Uomini-Nube aggirarsi su quelle nuvole ed esercitare i loro sinistri sortilegi sulla Terra sottostante.

Una volta sorpassarono una macchina per la neve in piena attività: un Uomo-Nube girava la manovella e un turbine di neve scaturiva da un grande imbuto. Videro gli enormi tamburi utilizzati per produrre i tuoni e gli Uomini-Nube che ci picchiavano sopra a tutta forza coi lunghi martelletti. Videro le fabbriche del gelo e i laboratori del vento e i luoghi dove venivano creati cicloni e uragani, poi inviati a vorticare sulla Terra. E una volta, dentro la profonda cavità di una nuvola, adocchiarono quella che non poteva essere altro che una città degli Uomini-Nube. Era tutta sforacchiata da grotte e, all'entrata delle grotte, c'erano Donne-Nube chine sui fornelletti, indaffarate a friggere in padella le palle di neve per la cena. E centinaia di Bambini-Nube sgambettavano intorno con acute risate e si lanciavano in slittino giù da colline di nuvole.

Un'ora dopo, poco prima dell'alba, i viaggiatori udirono sopra le loro teste uno sbatter d'ali e alzando gli occhi videro un immenso essere grigio simile a un pipistrello uscire dalle tenebre e piombare su di loro. Prese a girare intorno alla pesca, battendo lentamente le grandi ali illuminate dalla Luna e guatando i viaggiatori. Poi emise una serie di lunghe, profonde grida malinconiche e si dileguò nella notte.

« Oh, non arriva mai il giorno! » esclamò rabbrividendo la signorina Ragno.

« Non ci manca molto » rispose James. « Guardate, si sta già schiarendo, laggiù ».

Così rimasero tutti seduti in silenzio a guardare il sole che sorgeva lentamente al limite dell'orizzonte, pronto per una nuova giornata.

32

E quando finalmente fu giorno pieno, si alzarono per sgranchirsi le ossa intorpidite; poi il Millepiedi, che vedeva sempre tutto per primo, gridò: « Guardate! C'è terra, sotto di noi ».

« Ha ragione! » gridarono, e corsero al bordo della pesca per guardare giù. « Evviva! Evviva! »

« Ci sono case e strade! »

« Che immensità! »

Una grande città, luccicante al primo sole del mattino, si stendeva sotto di loro. Da quell'altezza, le automobili sembravano scarafaggetti e le persone sui marciapiedi non erano più grandi di fiocchi di fuliggine.

« Ma che case altissime! » esclamò la Coccinella. « Non ne ho mai viste di simili in Inghilterra. Che città credete che sia? »

« Non può essere l'Inghilterra, assolutamente » disse la Vecchia Cavalletta Verde.

« E allora dove siamo? » chiese la signorina Ragno.

« Sapete cosa sono quelle case? » gridò James saltellando eccitato. « Grattacieli! Perciò questa dev'essere l'America! E questo vuol dire, amici miei, che abbiamo attraversato l'oceano Atlantico in una notte! »

« Ma dici sul serio! » gridarono.

« Non è possibile! »

« È incredibile! Inconcepibile! »

« Ho sempre sognato di andare in America! » gridò il Millepiedi. « Una volta avevo un amico che... »

« Oh, sta' zitto! » disse il Lombrico. « A chi interessa del tuo amico? Il problema adesso è: come diavolo faremo a scendere a terra? »

« Chiedilo a James » suggerì la Coccinella.

« Non dovrebbe essere difficile » disse James. « Basterà sciogliere un po' di gabbiani. Non troppi, badate, solo un numero sufficiente perché gli altri stentino a tenerci su in aria. E allora scenderemo, lentamente e dolcemente, fino a terra. Ci penserà il Millepiedi, a tranciare i fili uno alla volta ».

33

Sotto di loro, nella città di New York, stava scoppiando il finimondo. Una palla rotonda delle dimensioni di una casa era stata avvistata a grande altezza sopra il centro di Manhattan; si era subito sparsa la voce che si trattasse di un'enorme bomba spedita da un paese nemico per ridurre in polvere l'intera città.

Le sirene di allarme aereo ulularono in tutti i quartieri. Tutti i programmi radiotelevisivi vennero interrotti da annunci che esortavano la popolazione a scendere immediatamente nelle cantine. Un milione di persone che camminavano per strada dirette al lavoro guardarono verso l'alto e, visto il mostro che li sovrastava, si misero a correre verso la più vicina entrata della metropolitana per mettersi al riparo. I Generali afferrarono il telefono e abbaiarono ordini a tutti quelli che vennero loro in mente. Il Sindaco di New York chiamò il Presidente degli Stati Uniti, giù a Washington, per chiedere aiuto, e il Presidente, che al momento stava facendo colazione in pigiama, respinse senza finirla la sua scodella di Cereali Zuccherati e si mise a premere bottoni a destra e a manca per convocare Ammiragli e Generali. E in tutta la grande distesa dell'America, in tutti i cinquanta stati dall'Alaska alla Florida, dalla Pennsylvania alle Hawaii, scattò l'allarme e si diffuse la notizia che la bomba più smisurata della storia minacciava New York e poteva cadere da un momento all'altro.

34

« Forza, Millepiedi, mordi il primo filo! » ordinò James.

Il Millepiedi afferrò coi denti uno dei fili di seta e lo spezzò. E di nuovo (ma stavolta senza un furibondo Uomo-Nube appeso al filo) un singolo gabbiano si staccò dallo stormo e volò via.

« Mordine un altro » ordinò James.

Il Millepiedi spezzò un altro filo.

« Perché non ci abbassiamo? »

« Sì che ci abbassiamo! »

« No! »

« Teniamo conto che la pesca è assai più leggera adesso di quando siamo partiti » disse James. « Ha perso un bel po' di succo per via della grandinata di stanotte. Stacca altri due gabbiani, Millepiedi! »

« Ah, così va meglio! »

« Finalmente! »

« Ora sì che scendiamo! »

« Sì, ottimo! Non staccarne altri, Millepiedi, o scenderemo troppo in fretta! Come cala dolcemente! »

Piano piano la grande pesca perse quota e gli edifici e le strade giù in basso cominciarono ad avvicinarsi a vista d'occhio.

« Pensate che metteranno le nostre foto sui

giornali, quando toccheremo terra? » chiese la Coccinella.

« Santa pace, mi sono dimenticato di lucidarmi gli stivaletti! » disse il Millepiedi. « Dovete tutti aiutarmi a lucidarli prima che atterriamo ».

« Oh, per amor del cielo! » sbuffò il Lombrico. « Non puoi smetterla di pensare soltanto a... »

Ma non riuscì a finire la frase. Ci fu un improvviso WUUUSH!... e, guardando in su, videro un enorme quadrimotore spuntare da una nuvola e sfrecciare rombando a neanche dieci metri dalle loro teste. Era in realtà l'aereo di linea che partiva ogni mattina presto da Chicago diretto a New York, e che, passando, tranciò di netto tutti i fili di seta: in un istante, i gabbiani si dispersero e l'enorme pesca, che ormai non aveva più nulla che la tenesse sospesa per aria, precipitò verso terra come un sasso.

« Aiuto! » gridò il Millepiedi.

« Salvateci! » gridò la signorina Ragno.

« Siamo perduti! » gridò la Coccinella.

« È la fine! » gridò la Vecchia Cavalletta Verde.

« James! » gridò il Lombrico, « fa' qualcosa, James! Presto, fa' qualcosa! »

« Non posso far niente! » gridò James. « Mi dispiace! Addio! Chiudete gli occhi! È questione di un attimo! »

35

La pesca piombò verso terra roteando e vorticando, e tutti si aggrapparono disperatamente al gambo per evitare di essere scagliati nel vuoto. Precipitava sempre più veloce. Giù giù giù, sempre più vicina alle case e alle strade, dove l'impatto l'avrebbe sicuramente frantumata in un milione di frammenti. E in tutta la Quinta Strada e in tutta Madison Avenue e in tutte le altre strade della città, la gente che non aveva fatto a tempo a rifugiarsi nella metropolitana guardò in su e la vide arrivare e smise di correre e rimase lì a fissare in uno sbigottito torpore quella che credevano fosse la più grossa bomba del mondo che, dall'alto del cielo, precipitava sulle loro teste.

C'erano donne che urlavano. Altre che s'inginocchiavano sul marciapiede a pregare ad alta voce. Ci furono uomini grandi e grossi che si guardarono l'un l'altro dicendo: « Ci siamo, Joe », o: « Addio a tutti, addio ».

E per trenta secondi tutta la città trattenne il fiato, in attesa della fine.

36

« Addio, Coccinella! » boccheggiò James, avvinghiato al gambo della pesca in caduta libera. « Addio Millepiedi. Addio a tutti! » Mancavano ormai pochi secondi e poi, a quanto pareva, si sarebbero sfracellati in mezzo agli edifici più alti. James vedeva i grattacieli venir loro incontro a velocità pazzesca: quasi tutti avevano in cima una terrazza piatta, ma il più alto di tutti finiva assottigliandosi in una lunga punta aguzza, come un enorme ago d'argento conficcato nel cielo.

E fu precisamente in cima a quell'ago che cadde la pesca!

Ci fu un *plof*! L'ago entrò a fondo. E tutt'a un tratto, eccola lì la pesca gigante: infilzata e trattenuta proprio sulla guglia dell'Empire State Building.

37

Era uno spettacolo davvero stupefacente e, nel giro di due o tre minuti, quando i newyorkesi si furono resi conto che quella non poteva assolutamente essere una bomba, si riversarono tutti fuori dai rifugi e dalle gallerie della metropolitana per guardare a bocca aperta quella meraviglia. Per un raggio di mezzo chilometro intorno al grattacielo le strade erano zeppe di uomini e donne e, quando corse voce che sopra l'enorme palla rotonda c'erano degli esseri viventi, si scatenò una grande eccitazione.

« È un disco volante! » gridarono.

« Vengono dallo spazio! »

« Sono abitanti di Marte! »

« O della Luna! »

E un uomo che aveva gli occhi incollati a un binocolo disse: « Vi dirò, a me sembrano *alquaaanto* strani ».

Le volanti della polizia e i carri dei vigili del fuoco accorsero a sirene spiegate da tutti i punti della città e circondarono l'Empire State Building. Duecento vigili del fuoco e seicento poliziotti fecero irruzione nell'edificio e salirono in ascensore fin dove questo poteva portarli. Poi sciamarono sulla terrazza-belvedere – che è il posto dove vanno i turisti – proprio ai piedi della grande guglia.

I poliziotti tenevano le pistole puntate, col dito sul grilletto, e i pompieri stringevano l'accetta in pugno. Ma dal punto in cui erano, sotto la base della pesca, non riuscivano a vedere chi c'era in cima.

« Ohilà voi! » urlò il Capo della Polizia. « Venite fuori e fatevi vedere! »

All'improvviso, la grossa testa marrone del Millepiedi fece capolino da sopra la pesca. I suoi occhi neri, grandi e rotondi come biglie, fissarono i pompieri e i poliziotti in basso. Poi la sua orribile faccia mostruosa si aprì in un ampio sogghigno.

Poliziotti e pompieri si misero a gridare tutti insieme. « Attenti! » gridavano. « È un Drago! »

« Non è un Drago! È un Wampus! »

« È un Serpente Marino! »

« È una Manticora! »

« È un Coboldo! »

Tre poliziotti e cinque pompieri svennero e vennero portati via.

« È un Mazzamurello! »

« È un Ambarvalio! » gridò il Capo della Polizia.

« È un Elfarello! » strillò il Capo dei Pompieri.

Il Millepiedi continuava a sogghignare. Pareva che se la godesse un mondo al subbuglio che stava provocando.

« Dunque, stia bene attento! » gridò il Capo

della Polizia, facendo coppa delle mani intorno alla bocca. « Mi stia a sentire! Deve dirmi esattamente da dove venite! »

« Veniamo da migliaia di miglia di distanza! » rispose il Millepiedi, con un ghigno più largo che mai e mettendo in mostra i suoi denti scuri.

« Ecco! » gridò il Capo della Polizia. « Ve lo dicevo io che venivano da Marte! »

« Mi pare che lei abbia ragione! » disse il Capo dei Pompieri.

A questo punto, la Vecchia Cavalletta Verde sporse la sua gigantesca testa verde vicino a quella del Millepiedi. Altri sei omoni robusti svennero quando la videro e vennero portati via.

« Quello è un Oink! » strillò il Capo dei Pompieri. « Io lo so che quello è un Oink! »

« O un Basilisco! » ruggì il Capo della Polizia. « State indietro, gente! Può saltarci addosso da un momento all'altro! »

« Ma di cosa diamine parlano? » chiese la Vecchia Cavalletta Verde al Millepiedi.

« E che ne so! » rispose il Millepiedi. « Ma sembrano agitatissimi ».

Poi il gran testone dall'aspetto assassino della signorina Ragno, che per chi non la conoscesse era probabilmente il più terrificante di tutti, apparve di fianco a quello della Cavalletta.

« Che mi venga un colpo! » urlò il Capo dei Pompieri. « Siamo fritti! È una Scorpula Gigante! »

« Peggio! » rantolò il Capo della Polizia. « È un Cnido Vermicoloso! Oh, guardate che raccapricciante muso vermicioso! »

« È della specie che mangia un uomo adulto a colazione? » s'informò il Capo dei Pompieri, pallido come un lenzuolo.

« Temo di sì » rispose il Capo della Polizia.

« Oh, per favore! Non c'è nessuno che ci aiuti a scendere da qui? » implorò la signorina Ragno. « Io soffro di vertigini ».

« Potrebbe essere un trabocchetto! » disse il Capo dei Pompieri. « Nessuno si muova finché non ve lo dico io! »

« È probabile che abbiano armi spaziali! » sussurrò il Capo della Polizia.

« Ma dobbiamo pur fare qualcosa! » dichiarò truce il Capo dei Pompieri. « Cinque milioni di cittadini ci guardano! »

« Allora perché non fa tirar su una scala? » propose il Capo della Polizia. « Io sto sotto e gliela tengo ferma mentre lei sale a vedere cosa succede ».

« Grazie mille! » sbottò il Capo dei Pompieri.

In breve ci furono ben sette grandi musi bizzarri affacciati al bordo della pesca: quello del Millepiedi, quello della Vecchia Cavalletta Verde, quello della signorina Ragno, del Lombrico, della Coccinella, del Baco da Seta e della Lucciola. Tra i pompieri e i poliziotti sulla terrazza del grattacielo serpeggiava il panico.

Poi, tutt'a un tratto, il panico svanì e circolò tra gli uomini un mormorio di stupore. Poiché, ritto in piedi accanto a quegli esseri, comparve un ragazzino in calzoni corti. Aveva i capelli arruffati dal vento e rideva e sventolava le mani e gridava: « Ehi, voi! Ciao! Ciao a tutti! »

Per alcuni istanti, gli uomini in basso rimasero ancora fissi a guardare a bocca aperta. Non potevano credere ai propri occhi.

« Accidentaccio! » gridò il Capo dei Pompieri, tutto rosso in volto. « Sei veramente un ragazzino, eh? »

« Non abbiate paura di noi, vi prego! » gridò James. « Siamo tanto contenti di essere qui! »

« E quegli altri? » gridò il Capo della Polizia. « Non sono pericolosi? »

« Ma certo che non sono pericolosi! » rispose James. « Sono le creature più simpatiche del mondo! Lasciate che ve le presenti una a una e sono sicuro che mi crederete!

« Il caro Millepiedi amici vi presento
educato e gentile (benché un po' corpulento).
La Regina di Francia lo chiama a tutte l'ore
per far da baby-sitter, autista e istitutore
quando la tata è in ferie e i Reali non ci sono... »
« Sfido » dice un pompiere, « gli hanno bruciato il trono! »

« Il buon Lombrico invece che scava sottoterra,
fa parte d'una specie che ricicla la terra.
Potresti ordinargli cloache e metrò,
ne fa così belli che più non si può ».
(Modesto e confuso
Lombrico arrossisce,
e la dolce Ragnetta estasiata squittisce.)

« Poi c'è Cavalletta, un vero portento,
artista famosa per mille e un talento:
non la devi pregare

per cantare e cantare e cantare...
È un balocco perfetto
per qualsiasi bimbetta o bimbetto:
se uno la solletica
lei schizza su frenetica
e con gran leggerezza
brucia record di salto in altezza.

Ed eccovi la Lucciola
(è una parola sdrucciola)
deliziosa creatura, modesta e assai amabile,
facilmente applicabile
ai muri od al soffitto
con immenso profitto;
benché possa sembrarvi un'eccentricità
o solamente un sogno,
non ci sarà bisogno
MAI PIÙ, MAI PIÙ *di spendere in elettricità».*
(Cinquantadue pompieri
gridaron: «Volentieri
appoggeremo la pubblicità!»)

« Di Miss Ragno si dice
ch'è una gran tessitrice
fa un buon miglio di filo ogni giorno dell'anno,
e a nessuno, A NESSUNO *intende recar danno.*
E se per caso dite: 'Che schifo, ha troppe zampe!'
vi prego di riflettere che otto non son tante ».
(Il Millepiedi si agita un po' nervosamente,
e gli agenti annuiscono molto cortesemente,
e 'Urrà' gridano gli altri entusiasticamente.)

« Ed ecco la mia dolce Coccinella
conforto nelle nostre avversità.
Ha quattrocento figli ma è sempre lustra e bella

e alla prossima Pesca forse li rivedrà ».
(Gridarono gli agenti: « Straordinaria! »
e i pompieri spiccaron piroette e salti in aria
e si levò un applauso da tutta la città.)

« Ed ora vi presento il Bombice del Gelso
(alias Baco da Seta), un produttore eccelso
di fili più pregiati
di quelli di Pechino, Bangkok o Cincinnati.
Si può girare il mondo
in largo, in lungo e in tondo
da Roma a Filadelfia, da Tokio a Bogotà
e una seta così non la si troverà.
Neppure a Singapore
si fabbrica una merce di simile valore.
Ma questo Baco (o Bombice del Gelso, o Filugello)
si fregia dell'onore
di Real Fornitore
del sontuoso mantello
di Sua Maestà Illustrissima la Regina d'Olanda
e offrirà immantinente

un panciotto di raso al vostro Presidente ».
(Gridaron poliziotti e pompieri: « Bravissimo! »
e tutti sventolarono il cappello
levando al grattacielo un coro potentissimo:
« Portateli giù tutti senza torcergli un capello! »)

38

In cinque minuti erano già scesi tutti e James raccontava eccitato la sua storia a un gruppo di sbalorditi questurini.

E in men che non si dica, tutti quelli che erano arrivati sulla pesca diventarono degli eroi! Vennero scortati fino alla gradinata del Municipio, dove il Sindaco di New York rivolse loro un discorso di benvenuto. Nel frattempo, cento spazzacamini, armati di funi e di scale e di carrucole, si assieparono in cima all'Empire State Building, disincagliarono la pesca gigante dalla guglia e la calarono a terra.

E il sindaco gridò: « E adesso organizziamo una parata d'onore per i nostri eccezionali visitatori! »

Così si formò un corteo e nella prima macchina (che era un'enorme limousine aperta) sedeva James con tutti i suoi amici.

Poi veniva la pesca gigante. Coi rampini e con gru era stata rapidamente issata su un enorme autocarro e se ne stava lì, più imponente e altera e spavalda che mai. C'era naturalmente quel po' po' di buco nella base, dov'era entrata la guglia dell'Empire State Building, ma chi ci badava... e chi badava, del resto, al succo di pesca che da quel foro gocciolava sulla strada?

Dietro la pesca, sbandando qua e là per via del succo, veniva la limousine del Sindaco, e dietro la limousine del Sindaco venivano altre venti limousine con tutte le persone importanti della città.

La folla delirava d'entusiasmo. La gente si assiepava lungo le strade e si sporgeva dalle finestre dei grattacieli, con urla, evviva e battimani, e gettava giù coriandoli di carta bianca e nastri di telescrivente, e James e i suoi amici stavano in piedi nella loro automobile e rispondevano agitando le mani.

A un certo punto accadde una cosa curiosa. Il corteo avanzava lentamente per la Quinta Strada quando improvvisamente una bambinetta vestita di rosso si staccò dalla folla e gridò: « Oh, James! James! Non potrei assaggiare un minuscolo bocconcino della tua pesca meravigliosa? »

« Fa' pure! » rispose James. « Mangiane quanta ne vuoi! Tanto non si manterrà fresca ancora a lungo! »

Non aveva nemmeno finito di parlare che almeno altri cinquanta bambini schizzarono fuori dalla folla e corsero in mezzo alla strada.

« Possiamo averne un po' anche noi? » gridarono speranzosi.

« Certo, come no! » rispose James. « Ce n'è per tutti! »

I bambini saltarono sull'autocarro e sciamarono

come formiche sulla pesca gigante mangiando a crepapancia.

E quando la notizia di quel che stava accadendo si fu propagata di strada in strada, altri bambini e bambine arrivarono correndo da tutte le direzioni per partecipare all'abbuffata.

Dopo un po', dietro la pesca ci fu una coda di bambini lunga un chilometro. Era veramente uno spettacolo fantastico. Ad alcuni sembrò che il Pifferaio Magico di Hamelin fosse improvvisamente comparso a New York. E a James, che non aveva mai sognato che potessero esistere tanti bambini al mondo, sembrò la cosa più meravigliosa che gli fosse mai capitata.

Quando il corteo finì, lo smisurato frutto era stato completamente fatto fuori e sull'autocarro rimaneva soltanto il grosso nocciolo color legno, leccato e ripulito e lustrato da diecimila golose linguette.

39

E così ebbe termine il viaggio. Ma la vita dei viaggiatori continuò. Tutti ebbero fortuna e successo nel nuovo paese.

Il Millepiedi divenne Vicepresidente e Responsabile delle Vendite di una fabbrica di stivali e scarpe di gran classe.

Il Lombrico, grazie alla sua bella pelle rosea, venne assunto in una ditta di prodotti di bellezza per signora per fare la pubblicità in televisione.

Il Baco da Seta e la signorina Ragno, quando ebbero imparato entrambi a fare filo di nylon anziché di seta, si misero in società per fabbricare corde per i danzatori sul filo.

La Lucciola lavorò come lampadina dentro alla torcia della Statua della Libertà e così risparmiò alla città, che gliene fu sempre grata, di pagare ogni anno una salatissima bolletta dell'elettricità.

La Vecchia Cavalletta Verde entrò a far parte dell'Orchestra Sinfonica di New York, dove il suo talento venne grandemente apprezzato.

La Coccinella, che era stata ossessionata tutta la vita dalla paura degli incendi, sposò il Capo dei Pompieri e vissero insieme felici e contenti.

Quanto all'enorme nocciolo, venne installato

definitivamente in un posto d'onore al Central Park e divenne un monumento famoso. Ma non era soltanto un monumento famoso. Era anche una casa famosa. E nella casa famosa abitava una persona famosa:

JAMES HENRY TROTTER.

E bastava andar lì in qualsiasi giorno della settimana e bussare alla porta, e la porta veniva sempre aperta e venivi invitato a entrare e a visitare la famosa stanza dove James aveva incontrato i suoi amici per la prima volta. E certe volte, se si era molto fortunati, si poteva trovare lì anche la Vecchia Cavalletta Verde, pacificamente sdraiata in poltrona davanti al caminetto, oppure la Coccinella entrata un momento per bere una tazza di tè e scambiare quattro chiacchiere, o il Millepiedi venuto a pavoneggiarsi con una parata di stivaletti nuovi particolarmente eleganti.

Tutti i giorni della settimana, centinaia e centinaia di bambini si riversavano a New York da lontano e da vicino per vedere il meraviglioso nocciolo di pesca nel Parco.

E James Henry Trotter, che una volta, se vi ricordate, era stato il bambino più triste e solo che si potesse trovare, ora aveva tutti gli amici e i compagni di giochi del mondo. E poiché tantissimi di loro lo supplicavano sempre di raccontare e

riraccontare la storia delle sue avventure sulla pesca, pensò che gli sarebbe piaciuto un giorno sedersi a tavolino e scrivere tutta la storia in un libro.

E lo fece.

È quella che avete appena finito di leggere.

I libri di Roald Dahl

Le streghe
Matilde
Il GGG
La fabbrica di cioccolato
Il Grande ascensore di Cristallo
Danny, il campione del mondo
James e la pesca gigante
Il Dito Magico
Gli Sporcelli
Furbo, il signor Volpe
La magica medicina
Io, la Giraffa e il Pellicano
Agura Trat
Versi perversi
Sporche bestie
Boy
Un gioco da ragazzi
Il libro delle storie di fantasmi
In solitario. Diario di volo
Il coccodrillo Enorme
Minipin
Il vicario, cari voi

Finito di stampare
nel mese di marzo 2012
per conto della Adriano Salani Editore S.p.A.
da Prontostampa s.r.l.
Verdellino di Zingonia (BG)
Printed in Italy